国家出版基金项目
NATIONAL PUBLICATION FOUNDATION
"纪录小康工程"国家出版基金专项资助项目

天 津 市 重 点 出 版 扶 持 项 目

大漠流金：中国库布其精准扶贫纪实

王占义　杨春风　著

天津出版传媒集团
天津科学技术出版社

内蒙古人民出版社

图书在版编目（CIP）数据

大漠流金：中国库布其精准扶贫纪实 / 王占义，杨春风著 . -- 天津：天津科学技术出版社；呼和浩特：内蒙古人民出版社，2021.5（2022.1 重印）

ISBN 978-7-5576-8925-4

Ⅰ . ①大… Ⅱ . ①王… ②杨… Ⅲ . ①纪实文学—中国—当代 Ⅳ . ① I25

中国版本图书馆 CIP 数据核字 (2021) 第 063950 号

大漠流金：中国库布其精准扶贫纪实
DAMO LIUJIN：ZHONGGUO KUBUQI JINGZHUN FUPIN JISHI
策划编辑：方　艳
责任编辑：张建锋　胡艳杰　布亚楠

出　　　版：天津出版传媒集团
　　　　　　天津科学技术出版社
地　　　址：天津市西康路 35 号
邮　　　编：300051
电　　　话：（022）23332695
网　　　址：www.tjkjcbs.com.cn
发　　　行：新华书店经销
印　　　刷：天津新华印务有限公司

开本 787×1092　1/16　印张 14.75　字数 300 000
2022 年 1 月第 1 版第 3 次印刷
定价：128.00 元

序一

库布其精神——将生存威胁变为发展机遇

"一带一路"绿色发展国际研究院联合主席

联合国环境署前执行主任

埃里克·索尔海姆

生机盎然的库布其

库布其沙漠生态治理堪称当今全球最伟大的生态环境建设成就之一。通过艰苦卓绝而灵活聪慧的不懈努力，库布其人民把这片死亡之海变成了生命绿洲。而库布其精神的要义，就是把沙漠看成机遇而非威胁。

中华文化最显著的特征之一就是人们对故乡的深切依恋。在《被土地束缚的中国》一书中，社会学家认定中国人夜以继日地为呵护脚下这方热土而不懈奋斗。而黄河作为中华文明的摇篮，见证了诸多王朝的兴衰，无疑被视为中国的"母亲河"。

库布其正是这种母子关系的重要注脚。

库布其沙漠位于内蒙古自治区鄂尔多斯市杭锦旗、达拉特旗和准格尔旗境内。"库布其"为蒙古语，意思是"弓弦"，黄河从西面、北面和东面三面环拱，状如悬于杭锦旗和达拉特旗上方的一把弓，库布其南缘的沙漠则形如此弓之弦。清朝前期，此处也曾树木繁茂，水草丰美。清朝中期之后，烧草开荒的种植业导致草场退化，荒漠侵袭，此地始被称为"死亡之海"。延宕至20多年前，库布其沙漠已成为中国第七大沙漠，京津冀地区沙尘暴的主要源头。

然而，到我首次访问库布其时，这里已成为群沙环抱中的一片生机盎然之地。

亲见千万中国人如何把干涸荒凉的艰难困苦之地变为繁荣多元的兴旺发达之所，我由衷感佩。

我曾去过非洲、拉丁美洲和中东地区等多地沙漠，还从未见过如库布其这般成功而令人印象深刻的。当然，各大洲的人民都能绿化沙漠，但库布其生态治理的规模和程度仍然拔群，可谓奇迹。

库布其的成功有何奥秘？在与库布其人民的交流后，我知道并没有什么奥秘，有的只是智慧与汗水。为达成所愿，人们坚持不懈，久久为功，当地企业亿利集团开拓创新，用政府、企业、民众多方携手的市场化手段合力治沙。

在绿染库布其的壮阔篇章中，王文彪是其中的关键人物。他生长于斯，用行动证明了只要善待大地母亲，大地母亲就会善待其子民。

王文彪生于杭锦旗的普通家庭，却说自己有三位母亲：亲生母亲、祖国母亲和大地母亲。他曾立誓要照顾好她们，并将一生都奉献于此。

在童年，王文彪曾为沙漠与饥饿所困，并渴望绿染大漠，免于饥饿。早晨醒来炕上有沙，吃饭时碗里有沙，沙漠阻隔水电，阻塞交通，阻碍医疗教育，甚至导致饥荒失眠，生活充满绝望。

和他的先辈们长大后远赴异地他乡寻求生计不同，王文彪决心坚守于此，改变他脚下的这片沙漠。如他所说，儿时的梦想已融入他的基因，成为其矢志不渝的毕生追求。

1988 年，王文彪接手了杭锦旗盐场，首先要面对的挑战就是不断侵袭盐湖的滚滚黄沙。他与同事们艰苦奋战，竭尽所能，修筑穿沙公路，投入每年的大部分收入与人力治沙种树，千方百计促进生产，维持生活。

治沙事业刚起步时并非尽善尽美，但他们从失败中汲取经验。王文彪创立的亿利集团，成为库布其弓弦上一支穿云之箭。曾经年少、意气风发的王文彪，也因其能催人奋进而成为企业领袖，成为全球治理荒漠化的领军人物。如今，王文彪的亿利集团已涵盖医疗、环保、清洁能源、农牧业和旅游业。

亿利集团是治沙先锋，但他们同时意识到作为一家企业，也必须从沙漠中开发商业价值。在中国 20 世纪 70 年代改革开放后的治沙行动中，大部分的贡献是亿利集团做出的。显然，仅凭一腔热血不能实现绿富同兴，而必须在治沙进程中不断创造价值。

2017 年，我很荣幸地授予王文彪"地球卫士终身成就奖"，以表彰他为绿色

栖息在库布其的鸟儿

事业不懈奋斗的一生。

截至当年，库布其累计制造氧气 1830 万吨，价值 68 亿人民币；亿利集团在库布其项目中实现的水土保持效益价值 244 亿人民币。

库布其人民让库布其模式成为绿富同兴的共赢之举、发展经济与生态建设的共荣之策。

库布其奇迹为沙区人民增加了三类收入来源。

第一类是种植耐旱的沙漠作物。例如，亿利的甘草种植就对企业、种植者和环境都大有裨益。亿利集团得到经济价值，当地百姓获得种植经验和稳定收入，环境也因植物的固沙肥土效应而得到改善。得益于种植技术的提升，甘草产量大幅增加，不仅让更多当地农牧民受益，而且让荒沙在两到三年内变为了沃土。

第二类源自适于发展可再生能源的辽阔沙漠。库布其已经建设了大规模的太阳能发电厂，可以为库布其周边的河北及其他地区供应电力，未来还有继续扩容的潜力。在干旱地区发展新能源，可以广泛用于农业灌溉、家庭生活和电动汽车，此番景象令人无比欣慰。

第三类收入来源是旅游业。库布其周边不乏内蒙古与周边省市的人口聚集之地，旅游业可以创造大量就业岗位。

我带我十几岁的孩子去过库布其，他被那里丰富的游乐项目所折服：沙漠宿营、骑骆驼、骑马、驾驶沙漠卡丁车。那里有美味可口的各式中式菜肴和蒙古族风味的美食，如传统的蒙古羔羊搭配沙漠种植的蔬菜。

通过发展沙漠种植、旅游业和太阳能等一系列举措，三分之一的库布其沙漠得以绿化，逾 10 万农牧民脱贫致富。我能见证亿利集团库布其模式的成功，是一件幸事。这也说明，政企合作能够兼顾创造利润与持续发展。

内蒙古库布其取得的重大成就，正是习近平主席"绿水青山就是金山银山"科学论断的鲜明佐证。这个论断源自习主席在浙江的经验，证明创造财富与绿色发展之间是可以互通互促的，这也在中国的其他地区得到了验证。

美国国家航空航天局近期报告显示，与公众认知不同，地球表面越来越绿。这要归功于中国，归功于内蒙古库布其，归功于新疆、甘肃、河北这些区域的大规模

库布其美景

植树造林。这是对中国的巨大贡献，也是对世界的巨大贡献。

20世纪八九十年代，中国改革开放早期，在发展与环境保护领域主要是向世界学习。但如今形势发生了逆转，中国已获得多项成功实践，世界可以反过来向中国学习，库布其奇迹就是其中之一。此外，划定生态保护红线、实施长江十年禁渔计划、治理京津冀及周边城市的大气污染、在江苏和浙江试点"河长制"、推动苏州和深圳等地绿色发展等战略，无一不值得向世界展示。

中国应当引以为豪，并通过"一带一路"等合作平台与各国交流成功经验。

我期待看到未来更绿色、更繁荣的库布其，看到生活在"母亲河"流域的居民们有更多笑容。

"库布其模式"的独特性在于开拓创新和坚持不懈的统一，背后是对地球母亲的深挚情怀。我们应该把这种模式推广到地球上的其他地区，这样就能充分发挥库布其精神的巨大能力，帮助中东、拉丁美洲和非洲荒漠化地区进行生态修复。毕竟，全人类同为地球母亲的儿女，善待她是我们共同的责任。

序二

库布其治沙扶贫是黄河流域生态保护和高质量发展的重要组成

任亚平

全国政协人口资源环境委员会副主任

案头摆着老友王占义送来的《大漠流金：中国库布其精准扶贫纪实》（以下简称《大漠流金》）一书书稿，8 章 30 万字。

掩卷沉思，脑海里展现的，都是数十年来库布其沙漠治沙扶贫波澜壮阔的历史画卷。

全书叙事时间起自 1956 年（"一五计划"第四年），止于 2020 年；叙事空间覆盖了整个库布其沙漠，特别是库布其三旗（"旗"这一行政级别类似"县"）：

准格尔旗、达拉特旗和杭锦旗（均隶属于内蒙古自治区鄂尔多斯市）。

尽管过去关于库布其治沙扶贫的报道屡见报端，但全方位立体式去介绍它，这还是头一次。《大漠流金》不是简单堆砌数据和案例，而是娓娓道来、抽丝剥茧，系统讲述库布其治沙扶贫的来龙去脉。

《大漠流金》是合著，作者除占义外，还有杨春风。

占义本身就是内蒙古西部地区人，他对库布其的变迁自然有着深刻的体验，他曾无数次深入库布其进行考察调研。从某种意义上讲，他其实已为这本书足足筹备了几十年。

春风是职业作家，盘锦市作协副主席。她此前曾与著名纪实文学作家和谷合著《春归库布其》（《大漠流金》姊妹篇）。该书荣获辽宁省第十五届精神文明建设"五个一工程"奖。此次她再次聚焦库布其，自然更加得心应手。

仅就库布其治沙扶贫题材而言，这对组合堪称黄金拍档，两人联手出击的心血力作，其水准之高，怕是罕有其匹了。

第一条穿沙公路

《大漠流金》讲述的故事，不少人可能都有所耳闻。简而言之，就是库布其沙漠治沙脱贫的故事。它洋洋洒洒30万字，讲了库布其人如何从"怵沙""恨沙"向"惜沙""爱沙"转变，如何从吃不饱穿不暖向"两不愁三保障"转变。特别是随着2018年7月27日杭锦旗正式退出贫困旗县序列，库布其3旗约8000户2万人，彻底与贫困诀别，给了历史一个圆满交代。

这是跨越时代的伟业，它并非某级政府、某个部门、某个协会、某个企业、某个个人独立为之。中央"发号召、出政策"，地方"封场育林"，"百行扶百户""百企帮百村"，沙区百姓人人参与……无一不显示出这是一曲时代大合唱。按治沙龙头企业亿利集团的说法，这是"党委政府政策性主导、企业产业化投资、农牧民市场化参与、科技持续化创新"四轮驱动的成果。

它所形成的扶贫方式，其多样化、精准化、人性化让人感叹不已：劳务扶贫、就业扶贫、生态补偿扶贫、种植产业扶贫、养殖产业扶贫、光伏产业扶贫、易地搬

绿色中国梦

迁扶贫、教育扶贫、党建扶贫、文化扶贫……所有方式殊途同归，极大提升了扶贫效率。

库布其治沙扶贫"四轮驱动"缺一不可，但纵观整个历程，党委政府坚强领导，企业参与则是推进和落实的关键。

那么在库布其治沙扶贫过程中，企业的角色到底有多重要呢？《大漠流金》提供了很多翔实的案例。

达拉特旗国营白土梁林场过去"守着烙饼挨饿"，把土地牢牢攥在自己手里不让动。20世纪八九十年代开始引入社会资本，将生态林改为了经济林，并大力发展林下经济，形成林粮、林药、林草、林果、林蔬等种植模式，使林地资源得到了充分利用，创造了更多经济价值，带动了当地产业链升级和农牧民就业增收。

亿利集团在成长壮大过程中，通过加强技术研发并反复实践，建立了成熟的甘草产业链。它与农牧民合作，实施"三到户（技术、苗木、收购）"或"四到户（技术、苗木、收购、土地）"，大幅降低了他们的技术风险、市场风险，成千上万的农牧民因此得以脱贫致富。随着甘草产业链的完善，越来越多的农牧民开始在自己的土地上种植甘草。

各类企业迸发出前所未有的活力，结合各地资源禀赋，发展特色产业。各地在嫁接产业链时，也就逐渐形成了各显神通的良好局面，扶贫精准度自然也是与日渐增——锡尼镇"阿门其草原爵鸡"、新井渠村"甘草猪"、乌定补拉格村"黑蘑菇"、道图嘎查"古如歌"传承培训基地……每个嘎查都有每个嘎查的骄傲，《大漠流金》形象地称之为"滴灌式"扶贫，深得精准扶贫之精髓。

近40年来库布其治沙扶贫成果非凡，它真正使人信服，浩瀚沙漠既可以是"绿水青山"，也可以是"金山银山"，绿与富可以同存，生态和经济可以并驾齐驱。

《大漠流金》还向世人昭示了一个重大变化，那就是库布其治沙对于黄河的影响。

黄河九曲十八弯，历史上多次改道，引发河患，成为历朝历代心腹大患。河患原因是多方面的，但一个重要因素是泥沙淤积，水沙关系不协调，而库布其正是泥沙的重要来源地之一。

《大漠流金》提到，早些年库布其沙漠每年都会向黄河逼近数十米，往黄河灌注 1.6 亿吨泥沙，沙漠对黄河的威胁可想而知。

库布其治沙是黄河流域生态保护和高质量发展的关键一环。2021 年 10 月，中共中央、国务院印发的《黄河流域生态保护和高质量发展规划纲要》强调，要"加强重点区域荒漠化治理""推广库布齐（按："库布齐"即"库布其"）、毛乌素、八步沙林场等治沙经验……"读来令人甚慰，办好任重道远。

实现共同富裕及助力黄河流域生态保护和高质量发展是库布其今后的重要任务，而治沙，则是库布其永远的历史使命。让我们牢记习近平总书记的谆谆教导："要保持历史耐心和战略定力，以功成不必在我的精神境界和功成必定有我的历史担当，既要谋划长远，又要干在当下，一张蓝图绘到底，一茬接着一茬干，让黄河造福人民"！

序三

"金山银漠"的一次成功实践

卢琦

中国林业科学研究院荒漠化研究所所长

"大漠孤烟直，长河落日圆。"在王维的诗句里，大漠雄浑安详，意境非同凡

昔日的库布其

响。我们时常耽于古诗中沙漠的宁静美，却回避它的干旱、冷酷。

千百年来，荒漠带给人类的更多的是伤害和痛苦，被称作地球"癌症"。它侵蚀人类的生存空间，摧毁可能的产业和生活，甚至埋葬一个族群或一种文明，比如中国的楼兰、土库曼斯坦的哥诺尔·德佩等遭遇的厄运。

中国既有人为活动导致沙化的惨痛教训，也有在沙漠中开辟连贯东西商道的丝绸之路传奇，更有中华人民共和国成立后长期坚持大规模治理荒漠化、沙化土地的国家意志和行动。"十三五"时期，中国交出了在世界上率先实现土地退化零增长的亮眼成绩单。美国卫星的监测也惊叹于中国增绿运动对地球生态环境改变做出的巨大贡献。

然而，荒漠化、沙化土地仍然占据我国国土面积近四分之一，西北广袤的生态脆弱地区仍然存在导致贫困发生的根源。在一系列战略和政策连贯性的支持下，在政府大力改革、社会力量深度参与的带动下，荒漠化治理和脱贫攻坚取得了令世界瞩目的成就。特别是党的十八大以来，习近平总书记提出牢牢树立"绿水青山就是

如今的库布其

金山银山"的理念，沙区生态优先、绿色发展的步伐提速、加快，中国第七大沙漠库布其就是践行"两山"理念的典型代表。联合国在库布其确立了全球首个沙漠生态经济示范区，授予库布其治沙人"地球卫士终身成就奖"，将库布其治沙扶贫模式作为全球治沙样本进行推广。中国政府也授予库布其沙漠亿利生态示范区"'绿水青山就是金山银山'实践创新基地"称号。

如今，库布其治沙已成为中国的一张绿色名片，广泛见诸中外主流媒体的报道。我们可以读到习近平总书记长期关怀库布其治沙，连续两届向库布其国际沙漠论坛致贺信，肯定库布其治沙是中国防治荒漠化的成功实践，为落实联合国《2030年可持续发展议程》提供了中国经验，赋予库布其新的历史使命。我们可以读到库布其沙漠经历的沧桑，党和政府领导人民战沙海、治黄龙的坚定决心和气魄，库布其治沙人攻坚克难的艰辛历程。然而，新闻报道受篇幅所限，总是让人觉得不够解渴。

库布其模式是如何产生的？贫困户是如何受益的？政府、企业和其他社会力量，以及农牧民是如何共同努力的？库布其大漠由"死亡之海"变成"生态绿洲"的奇迹，与生活在这里、奉献在这里的人们是如何相互滋养和成就的？这背后，一定还有更多动人的经历和细节，组成了库布其的密码。

最近，一部新书为我们提供了库布其的"解码器"。由新华社内蒙古分社原副社长王占义、辽宁著名作家杨春风合著的《大漠流金：中国库布其精准扶贫纪实》摆在了我的案头。这本书图文并茂，库布其沙漠变绿洲，百姓由贫困转而过上富裕生活的动人画卷，在书中徐徐展开。

是什么力量，引发了这一巨变？读完《大漠流金：中国库布其精准扶贫纪实》就会明白，库布其大漠养育的儿女，是改变库布其的最根本的力量。他们对库布其沙漠深沉的情感和来自沙土深处的智慧，让他们找到了治沙生态、产业扶贫的利器。在国家战略部署、各级党委政府政策的扶持下，库布其儿女大胆开拓，攻坚克难，久久为功，一代接着一代干，数十年如一日，终将赤地千里改造成"绿水青山"，继而变成"金山银山"。

在《大漠流金：中国库布其精准扶贫纪实》一书中，我们清晰地看到，库布其的沧桑巨变，起始于出生在杭锦旗的王文彪儿时的梦想。吃饭拌沙，睡觉卧沙，出门踏沙，父老乡亲在看病途中多有不测——这些苦难的记忆激发了他改造盐场，改造沙漠，发展绿色经济，进而为世界创造更多绿洲的远大抱负，也成为全球治沙领导者企业——亿利的萌芽。

我们还可以读到库布其产业治沙的艰难转变过程，既是库布其沙漠生态治理、生物多样性重构的过程，也是生态科技治沙提速的过程，农牧民参与生态产业脱贫致富、心态由痛恨沙漠到重新燃起对沙漠家园热爱的过程。

在政府、企业和农牧民共同的探索实践下，库布其治沙扶贫模式凝聚了集体智慧，它甚至可溯源至中国古老的道家学说——天人合一、道法自然。库布其治沙人在与沙漠恶劣环境的相伴相生、相守相磨的历程中，尊重自然，顺应自然，提升了治沙的境界和情怀，形成了独特的库布其治沙精神，有机统一地让库布其摆脱了生态贫困和物质贫困。这是库布其为人类创造的更高层次的理念财富。

人类对自然的认识、改造，实际上也是人类对自我的认识和改造。库布其治沙人用他们数十年的奋斗实践了、证明了习近平总书记科学论断的意义——在沙漠里也可以创造绿水青山、金山银山。因此，库布其治沙扶贫不仅具有中国当代意义，也具有世界当代意义和人类未来发展的意义。

感谢占义、春风，用随笔记述的方式让我们"聆听"这段用生命谱写的动人乐章，铭记下这段人类与沙漠战斗的灿烂历史。库布其模式还在升级迭代，我们期待它能够在更广阔的世界范围，特别是占全球四成以上陆地面积的干旱地区，为建设人与自然和谐共存的生命共同体做出新的贡献。

目 录

第一章

与贫诀别

四季在沙漠里缓缓交替，库布其在流年中彻底改观。

华丽蜕变

2018 年 7 月 27 日，对库布其人来说是个特别的日子，就是在这个烁玉流金的盛夏的一天，杭锦旗正式退出了内蒙古自治区贫困旗县的序列。这标志着世世代代栖居于库布其沙漠的数十万沙区民众，自此空前而又彻底地与"贫"诀别了。

甚至整个鄂尔多斯也因此一举跳离了贫困的泥淖。

这显然是划时代的重大历史性事件。

事情之所以具备了这个性质，在于杭锦旗是库布其沙漠最穷的地区，也是鄂尔多斯最短的那个经济板块。此前经年，始终如此。

全球荒漠化日益严重

作为中国第七大沙漠的库布其沙漠，是内蒙古自治区的四大沙漠之一，位于鄂尔多斯高原脊线的北部，以东西横贯之势，盘桓在黄河的"几"字湾里。总面积1.86万平方千米，却并不均衡，而是东窄西宽，东部最窄处仅5千米，西部最宽处高达80多千米。

库布其沙漠由此像极了一把勺子："勺把子"前端属于旧称为"鄂尔多斯左翼前旗"的准格尔旗；中端属于旧称为"鄂尔多斯左翼后旗"的达拉特旗；又深又阔的大漠腹地"勺头子"，则属于旧称为"鄂尔多斯右翼后旗"的杭锦旗。

最为恶劣的自然生态导致了最令人悲伤的经济环境，杭锦旗因此坐拥了荒凉贫瘠的历史属性，成了库布其沙漠三旗当中最为贫困的那个，且一直以来都没谁能"与其争锋"。这至少在两个方面有着鲜明的体现。

其一是人口密度。人口密度大的地区无疑是更为宜居的，也是更有前景的，杭锦旗在这方面则历来甘拜下风：准格尔旗面积7 692平方千米，人口37.7万；达拉特旗面积8 188平方千米，人口37.2万；杭锦旗的面积为1.89万平方千米，较其他两旗大了一倍还多，人口却只有14.6万，较其他两旗少了一半还多。

其二是沙漠面积。举凡生态脆弱区，也定是深度贫困区，这是一条通行于世界的公理。中国也不例外，中国近35%的贫困县、近30%的贫困人口，都分布在西北沙区。在库布其沙漠的三旗当中，则以杭锦旗的沙漠面积最大，高达9 870平方千米，占全旗总面积的53%，且多属情况更为恶劣的远沙、大沙，最高沙丘在80米以上。

还有更为显著的荣誉上的对比：在杭锦旗终于"摘帽"的前一年，即2017年，准格尔旗、达拉特旗就已双双跻身于"国家园林县城"及"中国工业百强县"的序列了。三旗当中经济最好的准格尔旗，还在同年喜获"全国文明城市"的殊荣，并早在2015年就被列为"国家新型城镇化综合试点"；在2018年的最后两个月，还相继获评为"全国幸福百强县""全国首批创新型县""全国县域经济综合单位100强"。

杭锦旗与兄弟旗的差距，由此可见一斑。

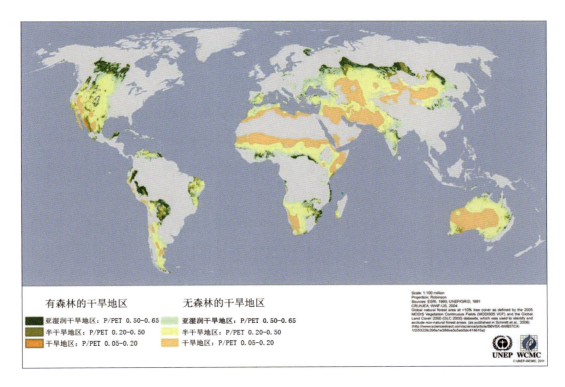

全球地区受荒漠化影响图

图片来源：《联合国防治荒漠化公约》（2011 年）

这里频频提到的"旗"是一个行政区划名称，级别相当于"县"或"县级市"。后面将要涉及的"盟""苏木"与"嘎查"也是如此，分别相当于"地级市""乡镇"及"村"。这样的行政区划名称在中国，目前仅存于内蒙古自治区，通用于以牧区为主的各级行政单位。

内蒙古在中国同样也是一个别致的存在，既是中国仅有的 5 个省级自治区之一，也是中国唯一的蒙古族自治区。北接俄罗斯、蒙古国的地理位置，还使它具有了"北部边疆"的属性，也因此拥有了"塞北"的史称。呼伦贝尔大草原、额济纳胡杨林等美得令人窒息的景致，是人们对内蒙古的惯常认知；人所鲜知的是，中国著名的八大沙漠中的四个，也都齐刷刷地分布在内蒙古境域，分别是居于第三、第四、第七、第八位的巴丹吉林沙漠、腾格里沙漠、库布其沙漠、乌兰布和沙漠。

其中的老七库布其沙漠还占据着相对特殊的地理位置，不仅与中华民族的"母亲河"黄河唇齿相依，还是距离首都北京最近的沙漠。库布其沙漠的生态环境、经济状况具体如何，除深刻影响库布其人的日常生活与颜面荣誉之外，还切实关乎了14 亿多中华儿女的现实心理感受与整体民族自尊。

鉴于此，作为库布其沙漠里最穷的那个行政区，杭锦旗在这些年当中所承受的压力，以及杭锦旗人在这些年当中屡屡赧颜，也就可以想象一二了。

无论如何，一个令人沮丧的事实是，杭锦旗是库布其沙漠三旗当中最穷的那个，穷于达拉特旗，更穷于准格尔旗。实际上它也是鄂尔多斯市 2 区 7 旗当中最落后的那个，亦是鄂尔多斯市唯一的区级贫困旗。许多年中，它的贫困嘎查最多，贫困程度最深，贫困面最广，贫困人口数量最大，比例也最高。

这又导致了另一个不争的事实：在这场始于 2014 年的"精准扶贫"战役中，杭锦旗就是库布其沙漠以及整个鄂尔多斯地区最难啃的那块"硬骨头"；"全面小康"在杭锦旗的落地为实，任务最重，施展最难。

那么，究竟经历了什么，才成就了杭锦旗在 2018 年的华丽蜕变？

究竟发生了什么，才促成了库布其沙漠整体经济生态的历史性改观？

向贫穷宣战

一切都源于治沙。

如果说"幸福的家庭都是相似的，不幸的家庭各有各的不幸"是条真理，那么这样的说法想来也是妥当的：富庶的地区都是相似的，贫困的地区各有各的缺憾。

对库布其沙漠而言，根本的致贫因素就是生态环境的恶劣，就是旷日持久的沙患。

对那些生于斯长于斯的库布其人来说，"沙患"几乎就是"贫穷"的别称，两者不仅能没有争议地画上一个重重的等号，还能相互杂糅地烙印在他们的记忆深处。直到他们鬓生华发的今天，仍无从将其精确剥离。

1950 年出生于杭锦旗独贵塔拉镇道图嘎查的陈宁布，担任过多年的小队长兼民兵连长，以及嘎查长与大队支书，对他的家乡以及整个库布其沙漠都极为熟悉。

当 2020 年的初夏再忆往事之时，这位年逾七旬的蒙古族老汉仍然感慨万端，一语中的：沙患最重的地方，黄河泛滥也最重，百姓就最穷；百姓最穷的地方，黄河泛滥也最重，沙患也最重。

陈宁布以此道出了一个循环，一个恶性循环——

百姓的穷，根本原因是牧区没良草、耕地没收成，以致家家没余粮，户户没收益。事情之所以如此，在于库布其沙漠紧紧依傍的黄河总闹水灾，每逢汛期水涨，滔滔黄河水就到处乱跑，一通通疾奔狂淘，直将那大片大片的草场与耕地淘成一块块废地、荒田。

黄河之所以这么无度泛滥，则在于它的河道七扭八拐，水流不畅，遇到大水更是没法及时宣泄，除了随势漫溢也实在没有别的法子；黄河河道之所以曲折至此，则缘于沙患，那些年库布其沙漠每年都会向黄河逼近数十米，每年都要往黄河里灌注 1.6 亿吨的泥沙。

也就是说，库布其沙漠越张狂，黄河就越闹腾，牧场耕地就越加遭殃，沙区农牧民的日子就越发困顿。为了渡过当前的难关或应付眼下的日常，人们就只能频繁地去沙漠里挖掘野生甘草，卖了换点儿口粮；也几乎日日都要采割本就稀零的红柳、沙蒿等为柴，以便把生米煮成熟饭——他们买不起煤炭。这么一弄，沙患更甚，黄河更闹腾，日子更难过，沙里刨食、取薪的"剥荒皮"行为，以及滥垦、滥牧现象也就更甚。于是生态越加糟糕，进而使库布其沙漠直接侵蚀牧场、耕地，吞噬畜圈、村庄，沙逼人退且步步进逼，百姓的日子由此越加难以为继，如此往复，没完没了，以致"人都要被沙子给欺负死了"。

早年的库布其沙漠（一）

尽管那个年代人们的生态意识还很淡薄，世代栖居于此的沙区农牧民也早已深知沙生植物的金贵，仍然这么着，也真是没法子。

陈宁布说，就这么一个恶性循环，循环了多少年多少辈，始终没破了！

陈宁布本人也因此迟至 29 岁才得以成家：肚子都吃不饱，哪能娶媳妇！

他顿了顿，又补充：老话说"饱山饿沙"啊，守着山你能混个肚圆，守着沙你就只有挨饿的份儿，那时候全嘎查的人连吃玉米面都吃不饱。

老人嘴里的"那时候"其实也并不遥远，指 20 世纪六七十年代。

那时候，人们盖房子至多只做 10 年的打算，因为经验使人知道，10 年之后的这房子说不定哪天就会被黄沙吞噬了，一夜之间。

那时候，家家户户的房子里全是沙子：灶台上是沙，饭碗里是沙，凳面上是沙，被窝里是沙，鞋窠里、头发里也全都是沙。尽管家里天天生火做饭，日日全家栖居，一觉醒来却仍然满眼都是沙，弄得那个家就像闲置了多少年似的。

那时候，沙区农牧民的家里都长年备着安痛定、索密痛，不管啥病都吃这个。

那时候的牧区尤其闭塞，完全没有路，出行都得靠骆驼，看病没个及时。

那时候，农牧民的寿命通常只有六七十岁，几乎没有更长寿的。

以前的库布其，出行靠骆驼

那时候，常闹黑灾白灾，人人都怵。"白灾"是雪灾，"黑灾"就是沙尘暴。这沙尘暴不仅在本地肆虐，它还弥漫到了北京的上空，人们把库布其沙漠戏称为"悬在首都上头的一壶沙"。

…………

"沙患"与"贫穷"的因果关系，在库布其几乎是一条不证自明的真理。

对地处大漠腹地的杭锦旗来说尤其如此。杭锦旗至少53%的辖区面积都是沙漠，且是那种沙丘更高、更为流动的远沙、大沙，许多年人迹罕至、飞鸟难越，不仅沙尘暴更频，恶性循环也更甚。它的最穷，实在也不会令人错愕。

"治沙"由此成了库布其人"治穷"的药方。

库布其沙漠在2018年的全面脱贫，全赖于此。

实际上，杭锦旗以及整个库布其沙漠的脱贫远非一朝一夕之功，而是存在着一个由量变渐趋质变的演进历程。尽管这令人激动的完美质变发生在最近10年，尤其是在2014年国家正式推出"精准扶贫"的政策之后，但这场脱贫致富之役却早在中华人民共和国成立之初就已打响，实已经历了库布其沙区民众两三代人的坚毅努力。

无论此前的一应作为是否正式冠以了"脱贫"之名，又是否弄出了响亮的动静，那些年间全体民众的积累付出，也都是今日之完胜的必要铺垫与激昂前奏。这么说的理由，是因早在中华人民共和国成立之初，库布其人就已经吹响了治沙的号角，而那显然就等同于向贫穷宣战。

2020年仲夏，回顾这两场轰轰烈烈的生态革命与民生革命，陈宁布认为更根本的还是前者，因为前者稳定了库布其沙漠，进而守护了黄河的安澜，黄河的安澜则又是这场民生革命得以全面实现的根源。尽管库布其沙漠的整体修复对黄河安澜所发挥的重要作用已经屡被重申，在陈宁布看来却仍然不够。老人家为此轻蹙眉头，面显焦急。

黄河在咱这儿有东沙拐子、西沙拐子，还有大沙头、二沙头啥的，都是沙漠给闹的，闹得黄河一直祸害人，提起来人人都头痛。几十年前，政府号召治理黄河，人们就直接治这个，用铁丝网把石头兜住，堆到沙拐子那儿，再在旁边打上桩，弄点儿沙柳、红柳啥的绑住，可是没用，大水一来就又给冲跑了，然后每年都弄，屡屡治，也屡屡没用。直到在沙漠里种上树了，把沙子锁住了，这黄河才渐渐稳当了、消停了，现在黄河对咱们来说已经没有害，而全是利了。所以你说这沙漠治理有多紧要呀，那是太有意义了呀……

陈宁布：好日子沾了治沙的光

"控沙"三十余载

在中华人民共和国成立之初，库布其沙漠一片荒凉，仅存星星点点的天然残次林。沙区农牧民的生活也几乎陷入了历史最低点。多少个夜里仰望着旷寂大漠的朗朗星空，多少个库布其人都曾含泪发问：出路在哪里？希望在哪里？

1956年，党中央适时发出了"绿化祖国"的伟大号召。这四个字就像燎原的星火，在库布其沙漠跳跃着铺展开来。人与自然相搏的序曲，自此在这片大漠正式开启；人们尝试不再靠天吃饭的序幕，也自此郑重拉开。

这一年的鄂尔多斯还沿用着"伊克昭盟"的旧称，却也像今天的鄂尔多斯一样对绿化沙漠迫不及待，且不遗余力。仅这一年，人们就在库布其沙漠造林 20 万亩。这是人们对库布其所进行的最初的集体改造，成就了这片大漠亘古空前的第一片人工林。

一份资料显示："控沙"的概念自此浮出水面。

这个"控"字用得特别精到：既反映了时人对"治沙"成就的最高指望，指望它至少能养人养畜；也折射了人们对生存的最低期待，低得令人深感凄凉。而且，后来的事实表明，接下来三十几度春秋的锲而不舍，最终也当真仅仅换来了"控沙"的结果。无论此刻心下有几多不忍，也不得不说真的没有更多了。

"控沙"的唯一办法是种树，唯一途径是政府主导并出资。

"国营林场""国营治沙站"由此纷纷组建。一大批林场及治沙站的干部职工，在这片浩瀚大漠的边缘或深处，栽下了第一批树木，踏出了或许是人类的第一行足迹。

成立于 1958 年的白土梁林场是其中之一，隶属达拉特旗。1981 年入职的田青云，已是这个林场的第二代治沙人。他早年栽树，后来护林，2019 年退休，在这片大漠里摸爬滚打了 30 多个春秋。退休之际，他恋恋不舍而泪眼婆娑。他说当年栽下的小树苗只有手指粗细，如今都已长很粗了；他说种树是不易的，护林则更不易，那是得罪人的营生，20 世纪 80 年代放牧的太多了，那羊专啃小树苗，一啃树就死了，他就不让人家放，人家就怪怨他，他心里委屈……

早年的库布其沙漠（二）

20 世纪 60 年代，"控沙"的办法在种树之外，加上了种草，同时提出了"农田基本建设"的概念。"种树、种草、基本田"自此成了伊克昭盟生产建设的"七字诀"。

嘎查村办、苏木乡办的林场，也在其间被陆续组建，并纷纷参战，为了一个最朴素的目的：防风固沙，保家护院。在这种初步形成的全民参与的绿化氛围下，沙地开垦、毁林毁草去种田的传统风气，得到了一定程度的遏制。

20 世纪 70 年代，"控沙"的办法除种树、种草之外，又加上了种柠条，即所谓"三种"。"柠条"的全称很诡异，谓"柠条锦鸡儿"，是一种沙生灌木，株丛高大，枝叶稠密，且根系发达，抗旱、耐沙、喜光，生命力极强，素为我国荒漠化地区营造防风固沙林及水土保持的优良树种。这种树的实用价值也很高，枝叶可做绿肥和牧草，茎皮可搓绳织麻袋，更是极好的薪材。因其优良，响应种植者甚众。

为了巩固既有成果，尤其为了获取更大战果，伊克昭盟在贯彻"依靠社队治沙为主，积极开展国营治沙"之方针，以及"护林者奖，毁林者罚"之条例的同时，

柠条锦鸡儿

还喊出了"谁造林谁所有"的口号。这在集体所有制普及天下且已严密运行了几十年的当年，既令人震撼，又让人振奋。

实际上，这个口号使"政策支持"自此隆重登场，并在接下来的"治沙"及"治穷"战役中始终在场，直到如今。如今备受全球瞩目的"中国治沙方案"之"库布其模式"的核心"四轮驱动"，必不可少的"一轮"就是"政府政策性支持"，且重居首位。

在当年，这项"谁造林谁受益"的"政策支持"，格外激发了群众的造林热情，那些勤劳肯干不吝汗水的农牧民，都相继在这片大漠里主动出击，大规模的群众性造林运动由此掀起了一个又一个浪潮，也涌现出了一个又一个治沙标兵。

这使伊克昭盟在 20 世纪 70 年代后半叶，迎来了林业建设史上的复苏。在 1978 年，党的十一届三中全会胜利召开之后，随着国家"三北"防护林建设工程的正式启动，伊克昭盟就借此东风做出了每年种树 100 万亩的决定。大型国营林场——伊克昭盟机械化造林总场也在 1979 年应运而生，以空前的力度向库布其沙漠吹响了新一轮的进军号角。

步入 20 世纪 80 年代，原有的支持性政策得以顺延，并被不断强调、完善，其中一个有力举措就是"五荒（荒山、荒沟、荒滩、荒沙、荒坡）到户，谁造谁有，长期不变，允许继承和流转"，并颁发"草原证书"。与此同时，政府的主导作用也越来越突出，显著表现是开始允许，继而调动个人、企业等社会各界力量投身于沙漠的治理，并给予各种政策加以激励。

随着改革开放的春风徐徐吹入，沙区民众的生活水平也在这个年代得到了大幅度提升，至少困扰了沙区多少年的温饱问题已不再成为问题。生态环境相对较好的"勺把子"前端的准格尔旗，还借势于煤炭行业的发展而迅速崛起，率先在这片荒凉的沙漠铺展开一种富庶的气象；地处"勺把子"中端素以农业为主产业的达拉特旗，也在过去 30 多年的农田基本建设中深深受益，更兼逐日壮大的羊绒产业的威武助力，也已呈现了迥别于往昔的活泼容颜。

事实是，当时间推进至 20 世纪 80 年代后半叶，库布其沙漠的三旗当中，唯有"勺头子"的杭锦旗尚默默无闻，仍一如昨日的黯然无光；杭锦旗人的词典里，也依然没能纳入"经济振作"的词条。眼见着兄弟旗相继崛起，杭锦旗人面朝黄沙背朝天，直勾勾地盯着那连绵无际的旷远沙山黯然发问：何年何月你才能偃旗息鼓鸣锣收兵？何年何月你才能让我们也像人家一样体面地存世？

杭锦旗人将这样的差异归因于沙患，一如对"贫穷"的归因。

不得不说，这仍是一个客观的结论，哪怕业已经历了30多年的治沙实践。

另一个实事求是的结论是，漫漫30多年的治沙实践，或许对库布其沙漠来说只是实现了整体的"控沙"，对"勺头子"的大漠腹地来说，实践的脚步则几乎还从未涉足。这使杭锦旗的今昔变化委实难以适用"翻天覆地"，也很难令人扬眉吐气。

这样的结果虽令人失望，却并不意外。

实际上库布其人治沙的最初30多年，正是国家尚不富强、内蒙古自治区尚不宽裕、鄂尔多斯也尚无实力的30多年，尤其是科技尚不发达的30多年。这个时期的人们种树，只有铁锹、水桶等最简单的工具可资利用，在广袤沙漠里的漫漫跋涉也只能仰赖自己的双脚，还要手提肩扛着成捆的树苗，甚至水。

这样的状况使得人们即使付出了多年辛劳，也终究只是事倍功半的苦劳罢了，规模小、力量散的弊端，始终是那些年治沙行动的真实写照。所种之树、所造之林也只能局限于沙漠边缘，那里先天的自然条件相对较好，种树所需之苗木、水等也相对容易运抵。

在还没有近年才问世的"气流植树法"、无人机"飞播"等先进技术与现代科技的大力支持的当年，无论有怎样雄心壮志的治沙人，对那片深阔旷远得令人生怵的大漠腹地"勺头子"，都只有怅然地望沙兴叹的份儿。

历经千辛万苦地将树种下去之后，树还不见得成活，毕竟那是种在沙漠里，极度的干旱少雨之外，更兼流沙之弊，致使每一棵树的如期扎根都要感恩天地的造化。迟至1988年，后来被誉为"治沙英雄"的王文彪，曾为保卫被黄沙步步进逼的"盐海子"盐场，在其周边种下了10棵树，其中9棵都死掉了，直弄得他"当时恨不得给这些树磕几个头"。

那10棵树苗是王文彪以自己的一辆幸福250摩托车做抵押而换取的一批树苗中的10棵，种下之后他对它们的呵护可想而知，这些树苗却仍然死得惨烈。那么在后期管护的意识还不太明确，尤其管护得远远不够及时的 20 世纪六七十年代，树木的死亡率也就不难想象了。事实是那些年里"成片成片地种，成片成片地死"的现象屡见不鲜，人们的苦劳大半沦为了白劳。

如此种种，就使得那些年里的杭锦旗虽也始终都在种树治沙，整体上却依然处于一种"人沙拉锯"的状态，今儿个沙逼人退，明儿个人进沙退，后儿个一阵风来，可能又退回了人沙对峙的局面。总之，沙漠并未在人们的苦劳里变得温顺谦和，它仍会暴怒，仍会使性子，仍会卷起漫天的黄沙，蒙眬人的视线，模糊家的模样，威胁黄河的安澜，蚕食贫瘠的牧场与农田，也致杭锦旗仍是这片大漠最落后的地区，也是内蒙古乃至全国最贫困的旗县之一。据一份资料显示，时至 20 世纪 80 年代末，杭锦旗拥有人口 13 万，全年的财政收入却不足 400 万元，在内蒙古自治区的 100 多个旗、区、县里排倒数第三，在全国范围内也是排在了倒数第十的位置。

令人稍感欣慰的是，对库布其沙漠的第一代及第二代治沙人而言，或许还不会因此感受到太多失落。因为在他们投身于改造这片"死亡之海"的当初，本就没对成果抱持太高的希求，他们所怀的愿望应该还不是"脱贫"，更不是"致富"，很可能仅仅指望通过自己的竭诚努力，使自己的生存环境不再处于令人绝望的失控状态，至少能养人养畜。否则，后人就不会单单拣了一个"控"字来定性那些年间治沙人的作为了。

在生存面前，"脱贫"显然已成为一个奢侈的字眼，尽管那些治沙人在那些年间勤勉付出为后来的大规模治沙积累了大量的经验，更为今日的真正脱贫打下了必要而又坚实的基础。

拐点 1997

无论如何，以"治沙"来"治贫"的药方是准确无误的，只叹力道太小，尚不足以攻克宿疾。事情的转机出现在 20 世纪 90 年代，且可精确到 1997 年。

那一年，库布其沙漠的第一条"穿沙公路"——锡乌公路建设工程正式启动。

那是一条被"逼"出来的公路，建设初衷之一在于拯救盐海子。

第一条穿沙公路

"盐海子"是库布其沙漠腹地的一个盐湖，地处杭锦旗最大的巴音乌素镇，面积约 18 平方千米，出产盐、芒硝与碱等，是杭锦旗重要的产盐基地，也是其支柱产业及主要税收来源之一。

1988 年，盐场的不景气已持续了数年，旗政府因此下达招募令，欲将其承包给一个能令其重振雄风的年轻人。当时已在杭锦旗政府担任 3 年秘书的王文彪毅然接受了这个挑战，或许是迅速在全国范围内兴起的"下海"浪潮也冲昏了他的头脑，也或许他与那贫困的"沙窝窝"要再度结缘。总之，他甩掉凭借十年寒窗的苦搏才得以穿起来的西装革履，重又返回了大漠深处。

回去方知，盐场不仅不够景气，而且已处于被黄沙步步紧逼的状态之中，这使他下达的第一个"场长令"就是"种树治沙，保卫盐场"。为此他在不足百人的职工队伍中抽调27人成立了林工队，从每吨盐仅有的十几元利润中提取5元作为专项资金。这个盐场就是后来著称于全球的亿利集团（以下简称"亿利"）的前身，或说母体；王文彪也自此开启了他持续至今的生态修复之旅，尽管当年他还不得而知，尽管当年这只是他骑虎难下的被逼无奈之举。

值得庆幸的是，黄沙在这种狠下的"血本"与数年的坚持面前渐渐停下了进逼的步履，并致盐场效益逐年提升。时至1996年6月，杭锦旗第一、第二化工厂等并入盐场，组建了亿利化工建材（集团）公司，"亿利"之名自此问世。

此时的盐场，产量已颇为可观。然而销售问题，或者说"销路"问题，也已日益变得亟待解决。

盐场与外界的通连，本应通过位于黄河对岸的巴彦淖尔市乌拉山镇的乌拉山火车站。从盐场到乌拉山火车站的直线距离只有70多千米，但因被沙漠所阻只能绕道而行，这一绕就是300多千米，且因路况不好而使运盐卡车只能以每小时十几千米的龟速前行。盐场产品因此难以外运，最终运出去的，其利润也被运输吞掉了大半。尤其还没有保障，遍布的流动沙丘导致那条路状况频仍，想将产品如期按时地运抵，多半得看老天的脸色。

其实这也是盐场的老问题了，或许得说并没谁觉得这是个问题。沙漠梗阻啊，谁能不认账？王文彪却觉得这就是一个"卡脖子"的根本问题，尤其没理由让它延续为未来的问题。他继而拿出了那种"年轻人"特有的初生牛犊不怕虎的勇气，决意要修一条路，一条从盐场直抵乌拉山火车站的"穿沙之路"。预算都做妥了，约需9410万元。虽然已成为亿利的"领头羊"，王文彪当年也断然掏不出这笔钱来，情急之下便去跟银行商量，银行听了这亘古未闻的贷款理由，错愕地将他"请"了出去。

他转身又跑进了杭锦旗委、旗政府的大门。

准格尔旗库布其沙漠旅游

令人更加深感庆幸的是，他这个"馊主意"竟然与时任杭锦旗委书记白玉岭等领导的想法不谋而合，而且白玉岭书记的想法更加大胆：不仅要以这条公路打通盐场与乌拉山火车站的多年梗阻，还要将其南延至旗政府所在地锡尼镇，进而让全旗的生产建设及沙区民众都切实受益。甚至在上一年，即1995年，时任杭锦旗交通局副局长的白富华就已经负责开展了此项工程的勘测设计工作，并在年底就已经拿出了可行性研究报告。显然"要想富，先修路"的说法已成为当年杭锦旗上上下下的共识。

王文彪的此刻请缨，继而加盟，解决了一个重大问题，从而加速了这个项目的落地为实。

在工程进入紧锣密鼓的设计阶段的时候，人们发现公路北段的林带区域之内，尚散落着百余户牧民，显然需要将其迁走，否则他们的房屋与畜群堵在那里，工程没法进行。白玉岭书记等旗领导紧急研究解决方案，最终决定由亿利出资建设一处新村。

"盐海子牧民新村"由此得建，集中安置了敖楞乌素二队、三队、四队，以及图古日格二大队、白音乌素二大队的100户牧民，每户占地面积600平方米，建筑包括住房、凉房（青贮室，类似汉族的仓房）、羊圈、围墙，并配置了3亩水浇地，以集约化发展种植、养殖业。

这也是亿利最早建设的生态移民新村，地处老楞乌素，整体投资150万元。那些房屋在1997年曾是这片大漠最好的住房，一度在此占尽了风光，尽管时下已经废弃了。其实这也是时下人们耳熟能详的"生态扶贫"，或者说"易地搬迁扶贫"，当年却还没有这个概念，也不曾将其冠以"扶贫"之名。

1997年6月16日，锡乌公路建设工程隆重开工。

工程以盐场所在地巴音乌素镇为中点，双向而建。先往北去，节点为杭锦旗独贵塔拉镇，1997年11月建成开通，全长51.4千米；继而往南，从巴音乌素镇直奔锡尼镇，1998年10月建成开通，全长56.1千米。

然而两者还只是砂石路面。

1999年5月，"锡乌公路"二期工程动工，全程铺设黑色路面。

1999年10月8日，这条拥有三级公路标准的"锡乌公路"全面竣工。

杭锦旗在那一天举行了隆重的建成典礼，时任内蒙古自治区党委书记的刘明祖到场祝贺剪彩，并亲笔题下了"大漠奇迹"四个字。

锡乌公路南北走向，全长 115 千米。杭锦旗境内路段 100 千米，其中纵贯库布其沙漠长达 50 多千米，为名副其实的"穿沙公路"。

库布其第一条"穿沙公路"锡乌公路

作为库布其沙漠的第一条穿沙公路，锡乌公路的建设意义非凡。

这条路的成功修筑，让人确信"辟沙成途"并非空谈，"开沙筑路"亦非妄想，它给了人们破天荒的强烈自信。在接下来的这些年里，库布其人又相继修筑了 5 条穿沙公路，以三纵两横之势，在库布其沙漠构建了一张内连外通的公路网，全面激活了这片原本沉寂的"死亡之海"。沙区第一、第二产业由此得到了迅猛发展，第三产业亦由此迅速萌生；沙区孩子的求学不再艰辛如昨，沙区土特产的外销不再艰难如昔，沙区民众的生活、出行与眼界、见识，自此与过去拉开了距离，甚至得说达到了"天壤之别"的程度。

如今，当年的第一条穿沙公路充满生机

今日库布其沙漠公路交通网

如果只能在库布其沙漠的脱贫之旅中找出一个拐点而不是更多，那么即使实难取舍，冷静地再三斟酌之后，也必然会将最终的目标锁定为这第一条穿沙公路的建设。

这条路的建设，受到了温家宝、邹家华、丁关根等党和国家领导人的关注，受到了刘明祖、云布龙、乌云其木格等内蒙古自治区党政领导以及雷·额尔德尼、朝鲁等鄂尔多斯市党政领导的高度重视，更受到了各级新闻媒体的大力弘扬。"穿沙公路"的相关报道曾名列1999年"全国交通十大新闻"第六位，在使库布其人的"穿沙精神"为世人所知的同时，亦使"库布其""杭锦旗"等原本鲜为人知的名字，一时间成了热词，这又为第三产业在库布其的遍地开花奠定了坚实基础。

还有两点尚须铭记。

这条路的修筑共耗资1.6亿元。这样的数目对素来贫困的杭锦旗而言，无异于一个天文数字。之所以最终得建，在受益于从中央到地方的计划、扶贫、交通、林业、水利等部门所给予的重点资金倾斜之外，还得益于13万杭锦旗人的自力更生，以及驻地企业的全力以赴。

事实是在筑路进程中，杭锦旗曾相继展开了7次万人大会战，参与者涉及113个旗直机关单位的2 000多名干部、9 000多名各民族农牧民，人人皆属义务投劳。与此同时，驻地企业也纷纷慷慨解囊，其中伊泰集团捐款1 000万元；王文彪的亿利则在捐款1 000万元之外，还独自完成了巴音乌素至独贵塔拉路段的路面建设与路旁绿化工程。在那700多个日日夜夜，几乎所有杭锦旗人都是有钱出钱，有力出力，即使是没钱也没力气的老人，也会守在家里给会战者免费烧水做饭，或者主动提供住房。

这种集体力量的呈现，堪称是在承包到户之后规模最大的一次，且被事实证明为卓有成效。这让所有人都赫然意识到了一个事实：只要集合起各种力量，使之紧紧捏成一个拳头，再重拳出击，则攻无不克。这是万众一心、众志成城的一个有力见证，为接下来的大规模沙漠治理开创了思路。后来形成的"库布其模式"中的重要一环，就是发挥社会的合力。

另外的一点虽然放在了最后，却并不意味着它是次要的，或许还恰恰相反，它很可能是最为紧要的一点。

锡乌公路的修筑，相当于把库布其沙漠拦腰斩断，且是在流动及半流动沙丘最多的大漠腹地。为防止流沙对公路的侵蚀埋没，人们不得不在修建过程中，于道路两侧同步建设出两条绿化带。绿化带在迎风的西侧宽500米，背风的东侧宽200米，为此共栽植了杨树、柳树9万株，杨柴500多万株，设置沙障3.2万亩。这也是上述7次万人大会战的核心战果，且如期发挥了护路安全的作用。

也就是说，人们在辟沙筑路的同时，也进行了一次大规模的沙漠绿化。那两条宽阔的绿化带就像两道绿色长城，左右伴护着那条公路笔直地纵贯了整个大漠。此情此景，让杭锦旗人瞬间打开了一个新的治沙思路：将沙漠切开，化整为零，分而治之。

"中切割"之治沙方案由此出台。

不久它就会合了"南围""北堵"，成就为著名的库布其治沙战略："南围、北堵、中切割"。此时的"中切割"在公路之外，还纳入了库布其沙漠天然的十大孔兑，即季节性河流。这一治沙战略的出台，使库布其人的治沙效率实现了一个历史性的腾跃，为库布其沙漠的最终脱胎换骨，为库布其沙区民众的彻底脱贫致富，做出了根本性贡献。

对任何一种属性的任意一场战役而言，英明的战略永远都是制胜的法宝。

随着其他几条穿沙公路的相继建成，这条建设得最早的锡乌公路时下已鲜有车行。纵然如此，这条当年被誉为"黄金通道"的公路，也有充足理由被世人恒久珍视，因为它是生态改善的跨越之路，也是经济提升的基础之路，没有它的开创性建设，就没有库布其后来的涅槃。它是库布其人走出贫困、奔向富裕的光辉起点。

第二章

思变风起

"穷"往往来自对比，令人心酸，也致人清醒。

新世纪新鲜事

当 21 世纪的太阳升起来的时候，库布其沙漠的农牧民又迎来了一件新鲜事。

不！是两件！

一件是亿利花钱租下了一片沙漠，另一件是王文彪又掏钱在那片沙漠上种了树。

这两件事的主语虽说一个是"亿利"，一个是"王文彪"，所指却是相同的，说是亿利也妥，说是王文彪也没错。约略从 1995 年起，在库布其人的语境里，"王文彪"与"亿利"就已经成为一组通用词了，直至今日今时。

也就是说，这两件事也可以用一句话来表述：王文彪不仅租了一片沙漠，还在这片沙漠上种了树。

无论是这句话的前半句，还是后半句，所指都是极新鲜的，此前从来没谁经历过，甚至连听都没听说过，此刻却真切地发生在了自己身边，确实有足够的理由被自己的邻居以及自己起劲咬喃。不过咬喃完了，很多人仍然不明就里。及至在时过境迁的十几年后的今天，再提起时一些人依然心存疑惑：不知道王文彪是咋想的，现如今咱也不能说就弄明白了。

在人们的印象里，或许是新世纪的阳光给了王文彪充沛的启迪，也或许是业已持续了十几年的治沙实践使他积攒了足够的自信。总之，从 2000 年起，他就将种树治沙的范围持续性地扩大化了，并将最初的矛头明确指向了杭锦旗境内的黄河南岸，也就是杭锦旗境内的库布其沙漠北缘，两者相距三四千米的样子，东西绵延 242 千米。

那一带素来荒无人烟，寸草不生，沙随风起，直灌黄河。王文彪最初就计划在那儿种树，种出一条宽阔的林带，筑成一道绿色的长墙，就像"穿沙公路"两侧的林带一样，指望以此防风固沙，护卫黄河。他也果真种了，从 2000 年春天开始，直到 2007 年春天才基本告成。

锁边林

那几年的那几个春天，那一带都是极热闹的，几乎每年都有数以千计的人与骆驼会集到那儿，天天人嚷驼嘶。人把高大的沙丘推平，再打上木桩，架上拦网，然后挖沙种树，一株株一排排地横向拓展，纵向推进；骆驼则专管运输，成捆的苗木及其他一应物资，差不多都得仰赖它们，当时那一带还没法进车呢。

起初人们知道他们种下的每一棵树都将成为"锁边林"的一分子，却还不知"锁边林"即将成为库布其治沙战略"南围、北堵、中切割"里的"北堵"，更不知这个战略很快就会作为"库布其模式"的重要构成而著称全球。

他们正在创造伟大，只不过当时还浑然未觉。

人们说，当年也没工夫寻思那些，一个是忙着种树，再一个还忙着咬喃王文彪呢。

事实是，就在那道"绿色长墙"缓慢却稳定地持续延展的同时，王文彪也没闲着，而是又将他的种树规划推进到了大漠腹地，"就跟着了魔似的"。可是那大漠腹地是你说种树就能种树的吗？你别看那是沙漠，也别管那儿有没有草场，或者是不是一直被闲置，无论咋样它都是有名有主的，你想种树，得人家同意。

王文彪摸清了这个状况，依然非种不可，自己谈不拢，就去找政府，竟还得到了政府的极力支持，最终把他规划内的土地全部流转到了亿利名下。人们说，"流转"就近似于"租赁"的意思，也相当于"承包"，后来还形成了"征收""合作"等多种模式，无论选用哪个字眼儿，采取哪种模式，都意味着亿利要为此支付一笔不菲的费用，而且只有期限内的使用权。期限到了，物归原主。

王文彪却仍这么干了。

而且，为了安置规划区域内散落的 36 户牧民，他择地又建了一处牧民新村，也就是现在独贵塔拉镇的"道图嘎查牧民新村"。新村建成于 2006 年，整体投资 2 200万元。这处新村较他于 1997 年建设的第一处新村，即"盐海子牧民新村"，更见宽绰，每户都有 106 平方米的住房、300 多平方米的养殖棚圈和蔬菜大棚。其他生活必备设施也样样齐全，并配置了集办公、医疗、教育、数字电影、娱乐等为一体的嘎查活动中心。

牧民新村

见此，人们就瞠目结舌了，左右合计不出王文彪打的啥主意。

大张的嘴巴还没来得及合拢，王文彪的意图就水落石出，也板上钉钉了：他真要拿那片沙漠种树了！正逐村逐嘎查地雇人哪！

从人们的追述中可知，通过库布其第一条"穿沙公路"的建设，王文彪已在民众中树立了颇佳的口碑，人人都认定他是"辟沙成途"的大功臣之一。事情之所以如此，在人们亲眼看见了他出钱出力又亲力亲为之外，还有一个更为紧要的前提，那就是人人都理解他为啥这么不惜财、不惜力——他是被迫的啊！要不盐海子的产品运不出去，他的盐场就撑不下去了！他在盐海子周边持续多年的种树行为，也同样得到了人们的深度理解，甚至深切同情——那也是被迫的啊！要不他的盐场就要被沙漠吞掉了！就像我们的房子被吞掉一样！

也就是说，王文彪此前的一应行为都是为了生存，明朗明确，且一目了然。而求存的努力对库布其沙漠的任何一个人来说都曾经历过，或者正在经历，这样的努力不仅让人感同身受，也令人生敬，至少同病相怜。

至于"锁边林"的建设，如果将脑筋转个小弯，人们也仍然可以理解，毕竟那是防流沙之壮举，护黄河之伟业——它"锁"住了沙漠，使库布其变绿了；并"锁"住了黄河，使河水变清了。尤其于人、于畜、于农田、于牧场，都有实际的利益。况且还有先例可资参照，左邻的达拉特旗也一直都在建设"锁边林"。再者说，王文彪构建的"锁边林"还是一种复合性的绿化带，乔、灌、草相结合，而那"草"就是甘草，著名的传统中药材，具有较高的经济价值。当利益显而易见时，理解起来也就不大难了。

那么问题就来了：眼下他这么狠下血本地在大漠腹地种树，图啥？

懒得细究的人嘻嘻一笑，说他没准儿跟了鬼了！

上了年纪的老人则说：这孩子的脑子可能坏掉了。

你想他前些年净念书了，毕业后当了老师，继而又进了机关，然后才到了盐海子。到那儿也一直没得消停，一边种树防沙，一边产盐修路，还要转制转型，事情脚跟脚地一桩撵一桩，没准把他的脑子忙叨坏了。要不，他咋能干出这种事来？

即便脑子没坏，那脑子也定然是空的，没装进啥生活的实际经验，没准儿那大漠腹地他还从没进去过呢，要不他断然不会生出这样的想法。那沙子可不像石头啊，它是流动的，不是固定的，栽一棵苗木下去，也许当晚一场风沙就把它卷跑了。纵然侥幸躲过了风沙，纵然最终扎下了根，一场旷日的干旱也可能要了它的命。纵然连干旱也躲过了，纵然已经长到了一人来高，一群羊过来了，也很可能全盘把它啃秃了皮，每当春天树叶发芽的时候，树的皮子也就嫩了，羊最爱吃了。纵然连羊都不肯过去，使树幸运地躲过了此劫，却还有野兔哪，野兔也爱吃树皮，还会站起来啃，技术比羊还高超哪……

如此这般纷乱的想法，并没能回答那个问题。

横竖猜测不出之际，人们就索性以不变应万变了：无论如何他是个文化人，文化人的连哄带劝说不定出于啥心思呢，咱虽然不得而知，却也能不为所动，免得吃了哑巴亏。

如此一来，几乎没谁去响应王文彪的招雇。

人们只远远地看着，像敬而远之，也像隔岸观火。

"天星"助力

2020年的初夏，地处杭锦旗独贵塔拉镇的道图嘎查，流动着每一个初夏都会流动的温润微风，微风轻摇着嫩绿的树叶，也轻抚着蒙古族牧民陈宁布的缕缕发丝。那发丝仍是根根黝黑的，尽管他已年逾七旬。他的身形也依然挺拔，站在他那墙体刷得雪白的房屋跟前，整个人像极了一株树，一株杨树，虽说这树在库布其颇为寻常，却也最为顽强。

他的家是一栋127平方米的白瓷砖贴面的大房子，三室一厅一厨一卫，厨房既整齐又亮堂，卫生间也是宽敞又干净。一户人家的厨卫如果令人感到舒服，这户人家的日子就往往过得舒心，这户人家的女主人也必然是个颇擅持家的人。

陈宁布在宽敞明亮的家中

果然，陈宁布的老伴儿清瘦言寡，穿戴很是整洁，只默默地在客厅穿梭了两个来回，茶几上就已摆满了奶茶、奶皮子、奶油、馓子等。这些是大漠人家待客的必备茶点，也因此属于寻常。拿着寻常的心思浅尝了一片奶皮子，才顿感失敬了！结果在那天的访谈结束之际，那满满几碟子的茶点都已被一扫而光，且还留下了后患，后来寄宿的任何一家宾馆里的同类茶点都黯然失色了。

沙发上，陈宁布表情凝重——

当年王文彪难啊，雇不着人，因为人人都说他是傻子，不傻哪能干出这种事来——租咱的地，再雇咱在那地上种树种草？倘若不傻，那就一定是给咱下了什么圈套，咱一时半会儿还没识破罢了。

那时我正任着大队书记，任了多少年了，群众比较信赖我。王文彪就找到了我，请我吃了顿饭，边吃边谈，探讨雇人种树这个事。那时我对这事也没啥信心。库布其的农牧民祖祖辈辈都种树，种了一辈子又一辈子，但树活得不多。我本人也是早在几十年前当小队长的时候，就带着乡亲们种树。那些年大村小屯都种树，男女老少齐动员，全出动，每年春天都种，一种就是十多天，还多是义务的。不过种是种了，年年都活得不多。

这些年下来，大家也就心凉了，对种树都没啥信心了，也对沙漠生出了更多怵意。如今听说是往大漠腹地去种树，更是不抱希望了。所以当时好多人都不认同这个事，觉得王文彪书生气，瞎胡闹。

王文彪了解了这个情况，并没辩白，也没起誓发愿，而只说试试吧，他就想为家乡做点儿贡献，就有这么一种情怀，想靠种树把沙漠稳住。

我这人虽没文化，但能看懂事儿。回头我就给乡亲们做工作。我说他租你的地，已经给你钱了；他雇你种树，也必定及时给你钱。树若种活了，也是长在你的地上，等期限到了，树就是你的，他拿不走；树若没活，你也挣了他的工钱，人家又不是白用你。所以你用不着合计他是啥心思、啥目的，你就跟着他干，左右没你亏儿吃。

乡亲们想想也是这么回事儿，就到底跟他种树去了。

这番波折就这么解决了。

后来的事情表明，类似的态度还算是颇为温和的，更兼有深孚众望的老支书陈宁布出面，使得彼此有波无澜地建立了合作关系，且很快就能以"真不赖"来定性了。实际上，在推行集约化沙漠治理的进程中，王文彪还遇到了更多更激烈的反应。

那是 2007 年了，王文彪已将树种到了"勺头子"的核心，也就是如今名噪全球的七星湖库布其国家沙漠公园那一带。2019 年春季的一天，有着鲜明的蒙古族英姿的敖特更花，也就是后来蜚声大漠的"沙漠玫瑰"，在她的家里讲起了一段往事——

1997 年修"穿沙公路"的时候，我是极力赞同的，因为咱这是"死亡之海"啊，人家过来给你修路，这是极好的。在修路的 3 年里，我出了 6 次义务工，还捐了 50 块钱。而且从 1998 年起我就开始往沙漠里头送人了，拉着骆驼，把修路的人送到里面去，这个是挣钱的。那时候修路的人都得坐推土机进来，但也走不到工地，剩下一段路只能靠骆驼往返。

我支持修路，但反对种树。2007 年听说有个企业要过来种树的时候，我就赶紧带人出去堵截了。那时候我正担着嘎查长呢，大伙儿都听我的，我也得对大伙儿负责。我们百十来号人就把那批人迎头堵住了，还拎着铁锹、镐把啥的，说啥也不让他们再往里走。

当时我的想法是：好端端地你们跑我们这儿来种啥树啊？你们这些人是不是要霸占我们的草牧场啊？打啥主意呢？而且我还笑话他们呢，觉得他们完全不懂沙漠。夏天时沙漠里头的温度高达三四十摄氏度，哪能种树？哪能活树？种下的树不是被烧死，也得渴死了。

我这么带头一闹，那批人真就不敢往里走了，走的话就打起来了。

随后政府的人就来了，纷纷来给我们做工作，可我们一时半会儿也想不通，就还是僵持着。我的思想最终是被我们的老支书疏通的。老支书只问了我两个问题。一个是你不让种树，但你让修路吧？另一个是咱这一带也在修路了，种树就是为了护路，要是你不让他种树，不出一个月，这修好的路就还得被沙漠埋掉，你可愿意？

听了这话，我觉得我瞬间就明白了，也赞同了。

有意思的是，2014 年，当我跟着亿利把树种到新疆的时候，也面临过同样的状况。最初我在当地根本雇不到人，就像亿利当年在这里似的。当地人听说了我的来意，往往也是嗤之一笑，直截了当地说你快回去吧，沙漠里咋能种出树来！

这也跟我当年的心思一样，你说好笑不。我也不急，就慢慢跟他们讲我的经历，告诉他们我的家乡也是一片大漠，却种了树，还修了路，真把沙子锁住了，逼退了。然而他们不肯信。没办法，我又从家里和甘肃调了一批人过去，在那儿种下了第一批树。第二年，当当地人看到那些树当真活了的时候，就都主动找我来了，纷纷说你今年还有活儿吗？

…………

沙漠里种树的艰难，除了受科学技术等客观因素的制约，还受思想的羁绊。这使库布其的治沙历程充满了卡顿与波折。绿色之所以仍然得以整体延展，原因在于两点：一个是有力的政府主导，另一个是有效的市场化运作，二者缺一不可。

此时或许还可以加上第三点：树木的如期成活。

如果王文彪在 21 世纪之初于大漠腹地种下的树，不曾高比例地如期成活，不曾在第二年、第三年仍然活着，那么他的治沙计划必然会受到更加普遍也更加强烈

黄河水流进了库布其

的质疑，没准儿他自个儿都会自疑。那样的话，他是否还能在内忧外患的处境当中依然坚持下来，就要画上一个令人忧伤的问号了。

是的，王文彪当年的处境是要以"内忧外患"来概括的。

实际上就在他被民众疑为"跟了鬼了"以及"傻子"的时候，他也被同事视为"疯子"。

当时王文彪所掌管的已并非盐海子那个小小的盐场了，而是一个合并了5个大企业的大型集团，其中就包括大名鼎鼎的杭锦旗第一化工厂、第二化工厂，实是在这片大漠上演了一出"小蛇吞大象"的大戏。尽管他被委任为集团董事长，却也还有董事会呢，而且大部分成员都是杭锦旗的元老级企业家，以至于任何一个都有可能拍案而起，站出来反对他的决策，也有可能联合起来否决他的主张，尤其他们还具备这个实力。

1989年，杭锦旗盐场领导班子描绘治沙蓝图

也就是说，在诸位董事会成员面前，王文彪不过是一介后生，哪怕算得上是个名副其实的后起之秀，却也毕竟还是一介后生。如今他幸运地成了这个大集团的当家人，就应该殚精竭虑地谋划着如何经营，稳当稳妥地照顾好整个集团的收益支出，

如此这般才是正理。可叹他却偏要节外生枝，偏要去治什么沙种什么树，把大家辛辛苦苦挣来的钱大把大把地往沙漠里扔。试问哪个不心疼啊？各个疼得很哪！他真是太不懂事了！

或隐或显的非议、异议，或委婉或明确的反对之音，也就成了事实的存在。"疯子"的指责也悄然而生。

事情的微妙之处在于，王文彪显然也理解大家的心情，似乎还觉得大家对他的为难也并不为过，却又同时毫无悔改之意，更不曾临阵脱逃偃旗息鼓，而是仍然诚挚地"恳请诸位老哥哥支持"，一次又一次。诸位老哥哥被他迫得无奈，方一声长叹，放他一马。

然后，人人都拭目以待。

似乎在等他相信"沙海"无边，也似乎在等他回头是岸。

那些树，那些到底在大漠腹地里种下的树，便成了内外关注的焦点。多年后，陈宁布说：如果那些树没活成，或者活得不够壮观，王文彪就彻底完蛋了！

当再一个春天如期到来时，人们赫然发现，那些树当真活了！

还活了大半之巨！

其实那是亿利第一次大规模地治沙种树，种树经验还严重不足，尤其还未曾发明更富成效的"微创植树法"等先进技术。管理方法也不到位，都是雇用日工，个人的积极性与主动性都未受到有效的激发。当年的亿利只是凭借一股热情、一种执着，在"认真"地种树，当年的树木成活率相较后来还远远不够高。

不过，毕竟衡量只能是与过去的纵向对比，而无法比较于未来。事实是与过去相较，当年这样的成活，这样的比例，确实件件都让人觉得没有理由，尤其没有先验了。然而它们确实活了，活得壮实，活得令人瞠目。甚至种下的那些奇异树种比如胡杨，异邦树种比如美国三角叶杨，也都在这片大漠里如期长起来了，那些是人们从来都没见过的树。

这是怎么了呢？真是不可思议。

咬啮了许久，仍然没有头绪。

终了，人们说：可能人家有"天星"跟着吧！除非"天星"助了他一臂之力，要不不可能是这么个结果。

在 2020 年的那个初夏，我曾就"天星"一词与陈宁布交流了好一会儿，虽最终也没能形成一个严谨的解释，但意思还是明了的，应该就相当于汉族人惯说的"神明"。

与此同时，一些善于自省的人，也开始自责"眼头没水儿"，也就是怪怨自个儿眼光不够精准、不够长远。库布其人是颇为实事求是的，肯于在事实面前承认自己的失误。库布其的方言也生动有趣且含义丰富，比如这个"眼头没水儿"还可以说成"眼头有水儿"——

你老婆眼头有水儿啊，嫁了你！

杭锦旗领导眼头有水儿啊，支持了王文彪种树！

"恨穷"意识萌发

在亿利向沙漠腹地持续深入种树的进程中，土地流转也在逐步发生。

流转方式因地而异，各不相同，却总有一点保持着一致，即流转价码在逐年上扬。

其中陈宁布所属的道图嘎查是按人口达成流转的，一口人 10 万元。陈宁布家有 6 口人，共得流转费 60 万元。陈宁布所知的流转费最多的一户是乌东巴图，他家人口多，加之沙丘中间有住房，房周有树，亿利都给了钱，便总共得了 200 万元。

这是库布其农牧民的"第一桶金"，在 21 世纪，甚至是亘古以来。

家家都立马儿脱穷根，陈宁布说。

那些年里，库布其也涌现了一些新的现象，虽良莠掺杂，却也桩桩件件都渗透着"富"的气息：有人买车了，有人到城里买房了，有人离婚了，有人赌博了，有人生了第 4 个孩子了，有人投资失利了，有人做了大生意成了大老板了……

更多的人则是谨慎收妥了这笔钱，再回过头来受雇于亿利，跟着王文彪进沙漠里种树种草了，"生态工人"一词由此成了他们崭新的社会称呼。最初他们以个人的身份独自受雇于亿利，随着一批更任劳肯干、更有头脑及组织力，尤其值得信赖的人脱颖而出，双方便优化了合作模式，大致是亿利将一块地承包给这个值得信赖的人，这个人再组建自己的队伍来完成这块地的绿化任务。这种劳务模式就是后来大名鼎鼎的"民工联队"，那个受亿利委托并对亿利负责的人就是"队长"。在其他地区，这一身份有个更为寻常的称呼——"包工头"。

时至今日，亿利共组建了 232 支民工联队。

杭锦淖尔第一支亿利生态民工联队

其中一支属于陈宁布。那些率先在大漠腹地活下来的树，一部分就是他率领的民工联队种植的，有 2 000 多株。所植多为沙柳、红柳、杨柴、梭梭，也有胡杨，还有一些叫不上名来的树。那一年种树很难，基本还沿用着老法，都用铁锹挖树坑。也还没有交通工具，来回都靠走，往返 20 千米左右的路程，太阳升起时出工，太阳落下时收工。

树是从最近处栽起，逐日往里推。后来路程过于远了，民工联队就住在沙漠里头了，抬着发电机，背着帐篷，拿着尽可能精简的锅碗瓢盆和食材食物。住上一些日子，30天到40天的样子，直到种树季节过去了才撤。

陈宁布的民工联队队员以本嘎查的牧民为主，后来有几个受不了那份劳累和辛苦的不干了，他就陆续从周边嘎查又找来一些替补，并渐渐突破了独贵塔拉的镇域范围。第一年找人很难。第二年找人仍然吃力。第三年就好多了，当地人投身进来的渐多，更有外省区的人也闻风而至，其中甘肃来的最多，宁夏次之，此外还有山西、河南、河北的，甚至有来自云南的傣族百姓。

陈宁布的队伍，人数最多时达251人。

直至今日，陈宁布的民工联队依然活跃在大漠深处。相较以前，种树的时候少了，更多是专注于补种与养护。陈宁布说种树造林是慢活儿，不像盖房子，盖完就妥了，这是个没头的活儿，有开始，没结束。几乎每年都有树死去，或者被风吹折了，或者被沙压死了，这时就需要及时补种。平常还要细心养护，如果"尔转"的话，沙子就要侵占过来了。

"尔转"应该也是库布其的方言，意思是丢开去、撒手不管了。不过这只是音译，没能确定究竟是哪两个字。

无论如何，在沙漠一寸寸变绿的进程中，种树人的衣兜也一点点充实起来了。

对陈宁布的此项年入没好追问，只获知了他的队员的。他说每个人每年春季都能在这片大漠干上两三个月的活儿，完活儿时能揣走两三万元。每个人对此都深感满意，拿到钱时都会给他竖起大拇指。临行也都会郑重地留下电话号码，并紧盯着陈宁布将其仔细记录到那本厚厚的电话簿上，反复叮嘱明年活儿来了"务必喊我"。

像他们一样的民工联队队员，成了库布其沙漠最早一批因投身生态建设而摆脱贫困的人，并在接下来的十几年里保持了逐年增长的健旺态势；像陈宁布一样的民工联队队长，以及那些因土地流转而陆续拿到人生"第一桶金"的农牧民，更有那些像陈宁布这样既拿到了"第一桶金"又身为民工联队队长的人，成了这片大漠最早的一批"富人"。

这部分人也成了这片大漠最先改变生活样貌的群体，至少是对21世纪而言。

这部分人的赫然出现，就像那些活在大漠腹地的树木一样，一时间成了社会的焦点。他们的衣着，他们的吃喝拉撒、言行举止，都受到了人们格外的关注。当亲眼看见了另一种生活，确切地说是一种更好的生活，"富裕"或"宽裕"就不再是一个空洞的概念，而是变得无比生动了，以至于库布其人时不时就会引发一通由衷的感慨——"有钱真好"。

是啊，有钱真好！

你看那家老太太过生日，儿子给买了那么大一个蛋糕，还雕花刻字的！

你看那家小孙子才上学，就戴上了腕表呢，还怪好看的！

你看那家儿媳妇总去街里美容，人家那皮肤保养得那叫一个嫩！

…………

这样的感慨类似一种刺激，激扬了这片原本沉寂的大漠，在使"穷"字的含义越来越清晰的同时，更使人对充裕的生活产生了鲜明的感知。当"富人"不再是一个传说，而成了近在咫尺的自己的邻居，或者说，当自己的邻居转眼间成了一个"富人"，将充裕的生活日复一日地在自家的隔壁演绎时，那些钱袋尚未充实起来的大多数人，便空前而又普遍地萌发了一种"恨穷"的意识，不由自主，也不可遏止。

这里的"恨"与"恨其不争"的"恨"内蕴相近，传达了对现状的不满，尤其体现了改变现状的意志。这使"恨穷"迥别了"哭穷"。

"哭穷"者有真穷、假穷之分。真穷者求人怜，盼相赠；假穷者怕露富，防人求。

"恨穷"者则是真穷，或自认为穷，且无须向外人诉说就能达致这一状态，它是内向的，强调的是一种摆脱贫穷的内在动力的萌发、蓬勃。

"哭穷"是一种负能量，"恨穷"则是一种正能量。

"恨穷"，"恨家不起"或"恨业不兴"，显然是振作家业的前提。然而，"恨穷"意识并非与"穷"如影随形，它从来不会跟着"穷"一起到来。也就是说，并非所有"穷人"都有"恨穷"意识，甚至很多"穷人"还会有意阻止它的萌芽，因为它的到场会致人焦虑，令人不得不付出更多的努力与辛苦，使日子不再那么"自在"，使心理不再那么安适。

如果一个人习惯了贫穷的生活，他就不会觉得贫穷有什么不妥。

如果一个人从没见过更宽裕的生活，他甚至不会觉得自己正身处贫穷之中。

也因此，人们对贫穷的认定通常都是追溯式的：那时候真穷啊……这种认定是

通过与自己当下生活的对比才产生的，属于一种纵向的对比。而在当年，他未必觉得自己穷。

对贫穷的另一种认定来自横向的对比，与邻居、与视线内可见的身边人的对比。对库布其人来说，这种对比近年正在发生，他们已经从那些人身上发现了充裕生活的样子，发出了"有钱真好"的感慨，这使他们觉出了自己的"穷"。"穷"的自我认定，令人难过，这样的难过以前从来没有这么深刻过。从前当然也见过富人，在电影里，在电视里，在城市里，可那跟咱没啥关系不是吗？眼下则显然不是这样了，眼下那"富人"已成了自己的邻居。

如果他对自己的"穷"还可以假装不甚介意，那么还有自己一家老小的生活物资的匮乏，至少是不够宽裕等着他来发现，且同样很容易发现。作为家中顶梁柱的他，便不能不赧颜了，还莫名地有点儿酸涩，继而开始认真地"恨穷"了，并捎带

着恨己不如人。

即或他并无这份可贵的自觉，或者他还没来得及表现自己内心的翻江倒海、焦躁焦急，又或者不曾如人所愿地摩拳擦掌，当另一个春天如期抵临的时候，碰巧更有觉悟的他的妻子也要开始期待他并敦促他了，以内容丰富的眼神，以含沙射影的话语，或者干脆以直截了当的设问：人家能干咱为啥不能干？人家能挣来咱为啥挣不来？咱是比人家笨，还是比人家懒？

当一个人或一家人再没法与贫穷安然相处时，改变就要发生了。

迟早罢了。

而就在这想变或不得不变的当时，社会又刚好提供了空前的应变的机遇。

在业已过去的三十几度春秋里，很多人都耐心统计过王文彪到底帮扶了多少人，或者说到底有多少人因王文彪而摆脱了贫困，一串串具体的数字也相继出炉，多则十几万，少则几万，有的甚至精确到了个位数。此时此刻，深感这些数字既来路可疑，又没啥必要，尤其并不会对王文彪在这方面的贡献形成有力的证明，尽管统计者及引用者期待收到这个效果。

事实是，王文彪在库布其人脱贫大业上的贡献是没法用数字来衡量的，也不应、不宜用数字来衡量。他发挥的作用显然更为本质：他使"恨穷"的意识在库布其沙漠普遍萌发，继而使"向富"的风气在这片大漠迅速生成，且及时而又持续地为人们提供了实现富裕的途径。也可以说，他以越来越深入的治沙为手段，使这片大漠的传统生活发生了越来越深刻的改变。

"绿色风暴"

就在亿利向大漠顽强挺进的同期，一场亘古未有的"绿色风暴"也渐渐席卷了杭锦旗全域。如果说亿利向大漠的挺进是在冲锋陷阵，稳步收复失地，那么这场"绿色风暴"就是在巩固失而复得的领地，进而使之固若金汤。

这场"绿色风暴"就是必将被郑重载入史册的"封育搬迁"之伟业。

"封育搬迁"包含了"封育""搬迁"两个举措。如果把这两个词语的位置互换一下，调成递进式的"搬迁""封育"，"封育搬迁"的意思也就一目了然了。其本意就是将生态失衡之区域内的所有人畜全部迁出，还其久违的静谧与安宁，使其得到必要的休憩，从而全面恢复往昔的蓬勃生机。

这是生态修复最为有效的方法，已被全世界各个国家所公认。

然而却极难应用。主要是由于它所涉及的工程过于浩大了，千难万阻的"搬迁"之后还有易地"安置"需要解决，兴师动众的易地"安置"之后还需为其另谋生活的出路。"封育搬迁"的宗旨是通过生态的修复让人们过上更好的生活，如果不能保证被"搬迁"者的生活会较以前更好，那么"封育搬迁"也就不宜实施了，也没了实施的必要。

落实于库布其沙漠的"封育搬迁"，也实属万般无奈之举。

事实是，就在第一条"穿沙公路"启动的第二年，即 1998 年，库布其沙漠就遭遇了一场严重的大旱，且持续了 3 年。3 年里树木成片成片地枯亡，已消停数年的沙尘暴重又抬头，眼见着库布其人的经年努力就要付之东流，刚刚见好的生态又要毁于一旦，伊克昭盟最终于 2000 年痛下决心，做出了"封育搬迁"的决定，并开始积极筹备。

2001 年，虽然经历了撤盟建市的变动，这个决定仍被继续执行。

2007 年，规划禁牧区 10 033 平方千米的人畜已整体迁出，昭示着这一举措已得到全面的落实。

时至 2012 年，生态最不乐观、"封育"最为急迫的库布其沙漠西段的杭锦旗，也实现了全旗相应区域内的全年禁牧，以此宣告了"封育搬迁"之工程的彻底完竣。

这一政策的持续贯彻，加上同期的大规模造林行动，使鄂尔多斯市迎来了史上空前的一个生态建设的大进步，也使库布其沙漠实现了有史以来最壮观的一次生态修复的大跨越。因涉及面广、牵扯甚众、所耗颇巨、难度甚大等种种因素，此次运

封育后的草场一片蓊郁

动被称为"绿色风暴"。

在这场万众瞩目的"绿色风暴"中，先后有 40 多万沙区农牧民被搬迁。那意味着这 40 多万人都自此结束了散居于大漠的传统生活方式，并不得不卖掉他们的牛羊，至少要将散养改革为圈养，继而要在努力适应聚居生活的同时，尽快掌握一项新的生活技能，开辟一条新的谋生路径。

这部分人里以杭锦旗的为数最多，杭锦旗政府的任务与压力也因此最重。为使搬迁者平稳过渡，杭锦旗政府整合了统战部、团委、妇联、发改委、扶贫办、民委等诸多部门的资源和力量，为所有搬迁者提供了"五个一"保障，也就是提供一套住房、培训一项技能、找到一份工作、落实一份社保、发放一份补贴。其中补贴的发放办法是给每个进城的农牧民每年补贴 4 000 元生活费，连续补贴至 2028 年，补贴期满时已稳定就业者取消补贴，未能稳定就业者将纳入城镇低保体系。鄂尔多斯市各级政府为这场"绿色风暴"所做的竭诚努力，为迎来生态的全面修复所饱含的良苦用心，由此可见一斑。

更加引人注目的还有风气的变化。

实际上这场"绿色风暴"颠覆的不仅仅是沙区农牧民传统的生产与生活方式，还有沙区农牧民在那里延续了多少年多少代的生活态度与思维方式。这不仅仅是一场可见的形式上的变革，它还在数十万沙区农牧民的心里卷起了一场亘古未有的改革风暴。

很多的农牧民，尤其是牧民，此前一直栖居于大漠深处，时光的流逝在他们那里变得相对缓慢，时代的更迭对他们也几乎产生不了什么影响。虽然今日的沙漠已被 21 世纪的阳光普照着，对他们而言却仿佛感觉不到存在怎样的不同。

他们的生活无疑是清贫的，然而他们却满足于此。

并非哪个人没刚没志，而是当一个人在困顿的环境里活得久了，实在已很难意识到自己还可以做出改变。为啥要改变呢？他们从没想过这个问题，因为他们从未有过这个打算。或许他们的生活始终低于社会平均水平，不过他们的父辈就是这么过来的，他们也没指望自己的子一辈能有啥改变。他们从未富裕过，也因此对贫穷毫不敏感，或许都不确定自己是穷的，"恨穷"对他们而言更是一个陌生的词语。

可是此刻，他们迁居到了群体当中。

他们自此有了寻常距离的邻居，串个门儿已无须再驱马跑上大半天。

他们的耳朵也自此不再清寂了，"收入""打工""劳务""贫困户""低保""种树"等词汇，都被他们有意无意地听到了，无论是否走了心，刺激都产生了。状况相似的还有眼睛，看入眼里的华服、美食、汽车、洋房，等等，都在日复一日地增多，起初还不认得，慢慢地就都能叫出名字来了，并发现心中的向往也在滋生，像春天的野草似的。

不久，那种一夜无梦的酣畅深眠，他们就鲜有体验了。

事实是，在这场"绿色风暴"席卷整个库布其的进程中，越来越多的人都被催生出了"恨穷"的心思，种下了一颗"向富"的种子，并越来越急切地渴望着萌芽、成长、茁壮……

思变之风，由此生成。

风中跳荡着 5 个字：我准备好了！

致富浪潮

第二章

榜样总是力量的源泉，在致富的路上尤其如此。

机遇丛生

当这场"恨穷"与"向富"之风渐致浓郁的时候，人们惊讶地发现，库布其也已呈现了众多致富的路径，一条条明晃晃地铺展在那儿，似乎还在殷切地招手：快来，快来！

此刻回头，将这些路径逐一打量，会发现另一个事实：几乎所有路径都关乎着生态的建设，要么直接投身于生态建设，要么服务于生态建设。

地处库布其沙漠中段的达拉特旗的林业和草原局局长刘锦旺，对此给出了解释。他说自步入 21 世纪之后，国家对西部地区的生态建设极其重视，相关投入也达到了空前力度，这使西部地区，尤其是内蒙古自治区获得了许多国家项目，使持续性的生态建设得以实现。总体来说，2000 年到 2010 年主要依靠的是"三北防护林""退耕还林"等工程，2011 年以来主要依靠的是"京津风沙源治理""天然林保护工程"等项目。

与此同时，随着社会经济的大幅度提升，内蒙古自治区及鄂尔多斯市在生态建设上的投入也在逐年加大，相继推出了多个重大项目。这些工程纷纷落地，且年年都有，为库布其人提供了众多靠生态建设而摆脱贫困的机会。

如此丛生的机遇，在库布其也是一种崭新的现象。

此前经年，但凡对贫困略微敏感的一些人，都是自懂事起就将命运的转机锁定在了外面的世界。尽管外面的世界在自己脑海里尚且一片朦胧，他们也坚信那定是无论如何总要好过这片大漠的。于是那些天生就有一股子心劲儿的库布其子弟，在稍稍长大之后，甚至在尚未成年之际，就已急切而又仓促地奔到了外面。"家乡"一词对他们而言，贫瘠的不只是经济，更有出路与未来；"乡愁"一词对他们来说也从来都不是别的，更多的是真的"愁"。

　　此前，对库布其人而言，贫穷从来都不是一个可以选择的问题，而是一种无可奈何的顺延，顺延了一年又一年，一代又一代。长久的贫困，让他们丧失了想象另一种生活的能力，就像有个段子所影射的一样，两个老农在畅想皇帝的奢华生活：一个说，我想皇帝肯定天天都能吃白面馒头吃到饱；另一个说，不止不止，我想皇帝肯定都是天天扛着金锄头下地。他们逐渐丧失了改变现状的自我要求，于是他们穷得安然，穷得没有志气。这并非缘于他们天生不够上进，或者不存欲望，而只是由于那必要的刺激还迟迟没有到场。

　　就像此刻，邻人的富裕已带给自己足够的激励，以至于心下的焦急已有声有色地显露到了脸上眉间，而致富的路径也已妥妥地摆在了脚下，散发着从没见过的充沛的魅力。贫穷俨然成了一个可以选择的状态，或说存在了可以摆脱的无限可能，只要做出相应的努力。

　　面对这骤来的变化，库布其人的振奋也就可以想见了。

库布其风光

事实是，在短暂的思量之后，很多人很快就谋妥了与自身禀赋或资源相契合的路径，并陆续地投身其中，渐使这片大漠在传统的农民、牧民之外，又出现了至少7种新颖的身份，即技术工人、养殖户、种植户、民工联队队长、旅游接待户、餐饮服务户、小老板。而这7种身份只是目前已经形成规模的群体，还有更多同样新颖的身份正走在发展壮大的路上。

随后人们发现，库布其这片古老的沙漠在全面生态建设的今天，正在以令人瞠目结舌的速度发展，几乎每一个年度都有新的变化，都有新的机遇。身处这样的一种环境、一个时代，人们会不由产生一种活生生的历史上演在自己眼前的逼真感觉，就像小时候看露天电影，侥幸地搬着一把小凳子抢坐到了最前排，由此与幕布里的世界保持了最近的距离。

古老的库布其从来没有像今天这样生机蓬勃，从来没有像此刻这样不断地投入，持续地探索，屡屡地给鄂尔多斯、内蒙古以至整个中国带来惊喜，并受到全世界的关注。这个世界最精彩的事情，或者说最不可思议的事情，就是治疗并治愈"地球癌症"的壮举，这样的壮举显然正发生在库布其。而库布其的无数大漠儿女，就是参与者、亲历者、见证者。

作为"家乡"的库布其，有多久不曾令人如此骄傲过了？

作为大漠儿女的库布其人，有多久不曾如此为"家乡"自豪过了？

无论如何，几乎人人都已发现，此时此刻，已无须再度远走他乡。此时此刻，自己的家乡就像一块急待开垦的处女地，只要付出足够的汗水就有钱可赚，就可扳转命运的铁轨。

那崭新的7种身份，其实只是致富路上的先行示范，类似的身份此后定然还会再生；构成那7种身份的群体，也只是机智地抢先抓牢了机遇的人的集合，这个集合定然也会得到持续的扩充。

从前文所述的"民工联队队长"的出炉上，可以一瞥其他6种身份的孕育过程。从根本上说，几乎每一种都含蕴了大量的被催生的成分。实际上这6种身份与"民工联队队长"一样，均脱胎于传统的农牧民。也就是说，拥有这7种崭新身份的人，其实都是久居于这片大漠的传统农牧民，就像陈宁布一样。

他们之所以成了这场革命的领跑者，除自身的头脑之外，还取决于他们是最初的"生态移民"，产生于亿利向大漠腹地持续推进的治沙进程中，以及那场遍及全域的"封育搬迁"的"绿色风暴"当中。就在2008年，杭锦旗政府与亿利联手新建了"独贵塔拉沙漠特色小镇"，生态移民3 360户。生活方式的彻底变革，也促成了这部分人对生产方式的重新选择，新的社会身份由此被重新赋予。

此外，很多原本早早就奔到了"外面"的人，也陆续回来了，尤其在2013年之后。那一年之后，外面的务工机会逐年缩减，家乡库布其的发展空间则在迅速加大，按他们的话说是"沙区条件好了，政策好了"，同时"孩子也长大了，不用操心了，不用陪读了"，于是转回了家乡。有的承包几百亩沙地培育各种树苗，有的建大棚种蔬菜，有的建畜圈搞养殖。尽管他们动用的"就是勤劳，再没别的，也只能靠这个"，这个却也是换取财富最牢靠的仰赖，虽然原始，却也相对安全。

其中很多人还联合了同乡，纷纷成立了合作社，大家合伙买机械，向集约化、机械化生产逐步趋近。同时也雇人帮忙，这使他们在自己创业的过程中，也为更多的人提供了就业机会。在业已过去的几年当中，他们的收入尽管每年不尽相同，但"反正总比在外面强"。

事实证明，陆续走出沙漠的库布其人，也在相继走出贫困，走向富裕。

丛生的机遇为此提供了强劲的支持。

科技支持

在库布其人的致富浪潮越掀越烈的同时，科技也在突飞猛进，使人们的等量付出取得了相对更多的回报，进而加快了他们脱贫以及致富的进程。

已被大小媒体给予了众多报道，甚至已被传得越来越神的"微创植树法"，是值得拿出来说的一个科技上的重大进步。这并非缘于它的"神"，而是因为它与投身于这场生态建设的农牧民的关系最为紧要，紧要到立马儿将他们的收入提升了一大截。

这种植树的方法源于"水冲"。

这事与高毛虎有关。

高毛虎是杭锦旗独贵塔拉镇杭锦淖尔村的村民，也是一个天生就有"恨穷"意识的人，眼见自己仅有的 20 亩盐碱地贫瘠得无法养家，早年便常常到亿利的盐海子盐场捞盐掏硝，补贴家用。后来又索性跑去包头、乌海等周边城市打零工。2001年，亿利在杭锦旗政府的支持下启动了"锁边林"工程，高毛虎听了信儿，左右掂量之后，来到亿利开始种树。

当年都是日工，每天收入在二三十元之间。

活计自然是辛苦的，状况就跟陈宁布所经历的一样。熬到中午也会歇歇，却也从来没有适意的歇法，因为他们是来种树的，他们奋战的那片沙漠就连一棵树都找不到，头顶的太阳晒得人发慌，往往只能随便找个地方，把衣服往脸上一蒙，坐会儿或躺会儿。

高毛虎家的二层小洋楼

有一天，高毛虎也是这么坐在沙漠里，被晒得难受，就抄起身旁黑皮塑胶的水管子往头上胡乱冲了冲，以求降温。稍稍舒坦了些，又把那水管子随手往脚边的沙漠冲了冲，或许是想看看能不能冲出蒸汽来，结果蒸汽没见到，倒是冲出个小小的沙坑来，见了，就随手拾过一根树苗子插了进去，沙子也立即把苗子围护严密了。在那个寻常的中午，高毛虎就这么玩闹似的，一边冲沙坑，一边插苗条，在工友们围坐的那个圈圈周围栽下了一圈树苗。

过了些天，他发现那圈树苗几乎全部发了芽，嫩绿的，水灵的。

这事引起了王文彪的注意，并使此法在以后的植树实践中得到了一定程度的应用。在其大体成形之时，亿利正式对这种植树法展开了深入的研究，从而使之系统化，这也是将这种植树方法正式上升到理论层面的必要前提条件。

负责此项研究工作的是亿利沙漠研究院副院长张吉树。

张吉树是 1964 年生人，1989 年毕业于内蒙古林学院，即今内蒙古农业大学，所学为沙漠治理专业。2000 年 8 月他加入亿利，此前一直工作于内蒙古大兴安岭林管局金河林业局，因在东部区生活多年，故而常常会不由自主地自称"东北人"。他中等身材，较壮实，眉浓而长，眉骨亦高，板寸头，说话语调沉稳而缓，句句扎实。从他的叙述中可知，此项研究不仅细密，而且耗时，相继做了两轮实验，前后历时 6 年才彻底完成。

第一轮实验启动于 2009 年，并申请到了鄂尔多斯市科技局的科研计划项目。

研究内容相对繁杂。比如苗木栽子究竟多长才是最合适的，他们从 60 厘米开始试验，并逐步延长，一直延长到 120 厘米；在种植之前，苗木栽子浸泡多长时间才是最妥当的，他们从 3 天开始试验，并也逐步延长，一直研究到浸泡 7 天。

又比如在种植之际，苗木栽子外露多高，或者说栽进去多深才是最适宜的？每穴栽双株，还是栽单株？哪一种的存活率更高？还有栽植密度，也就是行株距的具体数据，多少才是更妥当的？还有栽植位置，也就是针对沙丘的不同坡向，如迎风坡、背后坡，以及不同坡位，如上部、中部、下部及丘间低地等，分别怎么栽植才是恰当的？如此种种，都需要通过实地试验、细致的观测与对比方能确定。

此次实验于 2011 年结束，并于同年申请了《一种沙漠造林方法》的发明专利。作为"水冲造林"或说"微创造林技术"的关键核心技术，此项发明专利于 2013 年 5 月 1 日获得了国家知识产权局的授权。

然后于 2012 年启动了第二轮实验，此项实验被列入了 2013 年度内蒙古自治区的科技重大专项课题，至 2015 年喜获完美成果。此实验属于微创造林技术的补充研究。

同样主持了此项工作的张吉树说，沙障就是用来稳定流动沙丘的一种配置，属于工程治沙的范畴。通常是用沙柳、沙蒿等生命力极强的沙生植物的枝干在沙漠里打出方格，以便控制躁动不安的流沙，然后再于其中植树种草或飞播造林。此次研究就是要通过实验来进一步确定，在以微创法植树造林之前，究竟是否需要配置沙障，什么地方必须配置，什么地方无须配置；配置的话，以什么树苗来构建最为适宜，以及苗木的具体高度、栽植密度等。

这前后两度的实验虽耗资巨大，却相当值得。

张吉树郑重表示，"微创植树法"是中国造林技术史上的一次革命，促成了中国造林技术史上的一次飞跃，它成功克服了过去种树成活率低、成本高、速度慢的弊端，使造林的速度、质量都得到了大幅度提升。库布其人一直期待着库布其尽快绿起来，也一直在为此竭诚努力，不过在过去却也始终力不从心，当这项技术成熟之后，则达成了空前的心力相符，以至于自 2011 年推广至今，在库布其沙漠所植的树木比此前 20 年所植的总和还要多。

"微创植树法"是以水管中导出的水压力为动力，在沙地上冲出一个深达 1 米左右的孔洞，迅速将树苗插入孔内，再冲点儿水，树苗便与沙土紧密结合了。如此将传统种树法所必需的挖坑、植苗、填土、浇水 4 道工序一气呵成，在两个人合作的情况下，种一棵树仅需 10 秒钟，较传统种树法的效率提升了一大截。

"微创植树法"的优势在于减少了土壤扰动，保护了土壤墒情和原有结构，瞬间冲洞的原理又形成了保水防渗层，使每植一棵树仅需 3 千克水，成活率也因此得到了保障，可使之由过去的 60% 左右一举提升到 90% 以上。劳动效率由此得到了显著提升，进而大大降低了种树造林的成本，使之由原来的 1 000 多元骤降到了200 元左右。这对每一个期望以种树来改善生活的农牧民而言，都是至关紧要的。

实际上在"微创植树法"逐渐被应用的过程中，亿利与农牧民的合作方式也发生了变化。为了激发每个人的责任心，尤其是为了提升所种之树的成活率，亿利在

微创植树

　　将种树行为推进至大漠腹地之后，就已改为"花钱买活树"，而不再是你种下了就成，这也是亿利在生态建设上更注重质量的体现。

　　"民工联队"也基本诞生于此时。

　　身为队长的那个人由此分担了很多责任，需要根据自己所承包的那块沙漠的具体情况，厘清若干实际问题，比如种什么树合适，到哪儿选购苗木靠谱，雇多少人才能如期完成，后期又如何浇水养护、防病虫害等，也承担了很大风险，万一成活率不够，验收之时就无法过关了。

　　却也由此充满了挑战，如若完胜，收益也更大。

　　无意中发明了"微创植树法"的高毛虎、率先支持了王文彪的老支书陈宁布，以及后面还要详细讲到的敖特更花等人，都是有胆气迎接这个挑战并最终喜获成功的"大漠骄子"与"大漠玫瑰"，而且他们每一个人都深受"微创植树法"之隆益。

　　其中高毛虎所承包的工程已从最初的几十亩发展到上千亩，至 2018 年已在库布其沙漠累计承包种树造林工程近 10 万亩。他所吸纳的队员也已由最初的几个人发展到了上百人，且高毛虎管理有方，曾多次荣获亿利的"优秀民工联队队长奖"。他个人的年收入在 2008 年就已突破 12 万元，2011 年达到了 20 万元，近年的平均年收入则在 25 万元以上。

即使是对普通的种树人来说，这个革命性的种树之法也直接提升了他们的劳动效率，进而使他们每一分钟的付出都变得更有价值。事实是，随着种树技术的不断提升，种树者的薪资也在持续上扬，每天二三十元的报酬只在亿利存续了短短两三年，之后便逐年看涨，时至今日已达每天 180~200 元，每天 150 元已极少有人肯接受了。

截至目前，以"微创植树法"所造之林，在库布其沙漠至少占据了 150 万亩的份额。从 2013 年起，这一方法还被亿利人及亿利的"民工联队"陆续推广应用到了科尔沁沙地、毛乌素沙地、乌兰布和沙漠、腾格里沙漠、塔克拉玛干沙漠等地区，其中在科尔沁沙地已应用了 4.2 万亩之多。这一方法在使中国各大生态失衡区域尽快绿起来的同时，也使那些参与其中的治沙人的腰包更快地鼓起来了，进而使更多人在逐步改善的生态环境中感受到了生活的日益美好。

库布其人以自身的持久实践，屡屡证明了真正有生命力的创新都源自人民大众的真实需求，而不是单纯靠国家"养"出来的，也不是单纯靠科技工作者在实验室"想"出来的，而是诞生于一个又一个普通的实践场景、一个又一个迫切的实践需要。无论如何，群众是这个时代科技创新的最大推动力，也是最大受益者。

勤劳致富光荣

原本清贫却也单纯的生活方式，在越来越壮观的治沙成果当中，也逐渐丰盈起来了，丰盈而嚣哗。几乎每个人都能在视线可见的范围之内发现生活的变化，或觉流光溢彩，或觉莫名其妙。一个段子也在此时于坊间悄然传布开去：某个来到库布其的外地人，当晚被三四个人招待着烤了半只羊，闹得这人撂下酒杯就急着呼唤家乡的朋友，言："人傻钱多，速来！"

无论如何，越来越多的人都活得越来越体面了。

与此同时，人们评判自己以及他人的标准，也都发生了切实的变化。如果说以往并没有谁以贫穷为耻，那么此刻的贫穷则已分外令人生疑——如果不是因病或残疾，要么懒惰，要么无能——毕竟赚钱的路径已伸展到了你家门口。你若仍然穷着，那就必定是对机遇的大不敬了，更加让人不能原谅。

那种沿袭了多少年的已知形式的生活，就这样遭受了或隐或现的非议，至少被认为是没有希望的、看不见前景的。在这样一种新颖的社会氛围当中，一些国营性质的单位也相继行动起来了，纷纷走上了市场化的路子。

白土梁林场就是其中的代表。

白土梁林场是达拉特旗仅有的两个国营林场之一，创建于1958年，是独立进行以培育、抚育、经营、利用森林为主的基层组织，下设二道水泉、榆林子、解放滩、蓿亥图、永兴西、羊场苗圃、张铁营苗圃7个作业区，总经营面积20.94万亩。虽地处库布其沙漠边缘，建场初期域内也遍布流动沙丘，整体植被覆盖率不足10%，但历经60多年的持续改造，目前的绿化率已高达76%，到处是茂盛的树林，充满着蓬勃的生机，生态状况早已今非昔比。

然而林场的活力并未能与此保持同步，100多名林场职工的生活也并未因此发生本质的提升，反而越发严重地陷入了"捧着金饭碗讨饭吃"的窘境。在2000年左右的十几年里，就连工资的发放都已成了问题，使得不少职工被迫自谋生路。

白土梁林场

随着致富之风在整个社会的渗透与持续蔓延，尤其在2012年党的十八大之后，白土梁林场才逐步认识到将"荒沙秃岭"转变为"绿水青山"并非事业的终点，而仍需将"绿水青山"进一步转变为"金山银山"。顿悟虽迟，却力度颇大，继而就放下了架子，在接下来的日子里进行了诸多有益的尝试。

白土梁的乔木林大多形成于20世纪六七十年代，林中树种以成本低又相对易活的杨树为主。这乔木林是林场的第一代职工在没路、没电、没水、没房的恶劣条件下，一株株植树形成的，一片片树林就相当于治沙历程中的一个个胜利节点，记录着曾经的峥嵘岁月，印证着林场职工的曾经努力，每个人对此怀有深厚的感情。然而杨树的寿命通常只有35年，所以时至21世纪林场已经面临着全面的更新。也就是说，无论人们如何不舍，都要对其进行改造了。

"营管结合、永续利用、综合发展、全面提升"的办场宗旨，就在这个节骨眼儿上得以确立。通过白土梁林场副场长张俊生的介绍可知，由于国营林场的土地尽属国有，所以此前林场就始终把土地牢牢攥在自己手里，哪怕经济效益不好也不让别人插手，实际上他们也很少考虑经济效益，似乎那自来就不是国营单位应该考虑的。直到近年才彻底转变了思路，并首先于迫在眉睫的老化林的改造上进行了大胆的改革。

具体措施是将社会资本引入林场，也就是将部分林地提供给企业有偿使用，由企业进行林木更新并收获果实，林场收取管理费并取得"借鸡生蛋"的实效。更新的树林也由生态林改为经济林，栽种的树种涉及樟子松、无刺大果沙棘、红枣、桑树、枸杞等多个品种，面积达2万多亩。其中的无刺大果沙棘引进自俄罗斯，具有高产、高营养价值、高附加值等诸多优良特点，在广袤的林海中彰显着无限活力，也勾勒了一幅深具魅力的"钱"景。

在此基础上，白土梁林场还更进一步，大力发展了林下经济，探索出"林场+基地+企业"的合作模式，采用"林粮、林药、林草、林果、林蔬"等种植模式，陆续实现了沙棘套种紫花苜蓿、沙棘套种燕麦杂粮、桑树与红枣套种艾草、樟子松套种南瓜、枸杞套种防风及苦参等格局。这使林地资源得到了越来越充分的利用，创造了越来越大的经济价值。

库布其种树场景

与此同时，各种基地也陆续建设。

无刺大果沙棘套种紫花苜蓿基地是其一。这个基地的基础设施包括 2 套大型移动喷灌、8 眼机井、2 座 600 立方米的蓄水池，以及 2.6 千米的高压线路、3.2 千米的低压线路。目前已以"两行一带"的造林模式种植了 2 万多株无刺大果沙棘，林下套种着紫花苜蓿。张俊生说，这个基地也是引入社会资本营建的，且实现了林场和企业的双赢。

内蒙古吉隆生态园麻黄种植基地是其二。这个基地占地 5 000 亩，全面实施标准化节水灌溉、化学药剂除草、机械化作业等现代化管理，年产麻黄达 3 000 吨，年产值 1 500 万元，产品实行合同定购销售，几乎全部供给了北京同仁堂、重庆太极制药集团、康恩贝药业等大型药业集团。实际上这也是目前中国最大的麻黄种植基地，具有非常大的发展潜力。

在解放滩作业区，白土梁林场还计划打造一个高品质的森林康养项目。此项目为一个以种植、养殖、垂钓、保健、养生、养老等为主的森林康养综合体，将由此形成一个"绿色人居、绿色种植、绿色养殖、绿色休闲、绿色医疗、绿色食品、绿色体验"的绿色链条，以及集"吃住行养做"于一体的绿色康养基地。如今，3 000 亩的沙生植物园、1 000 亩的桑葚采摘园已经初步落成，并种植了蒲公英、大喇叭花、芍药花等观赏性花种，形成了一个集社会效益、生态效益、经济效益于一体的绿色产业。

此前，白土梁发展的核心宗旨就是造林，造林的终极目的就是固沙，所以当流沙终于得以固定之后，林场员工似乎除了护林、防火之外就再无用武之地，哪怕干部职工都各个囊中羞涩。为缓至极困顿或解燃眉之急，林场也曾走过卖树的老路，可那又能生出几个钱呢？以至于近年捉襟见肘之状越发常见，且看不见令人宽慰的纾解之法。

近年的种种造林举措，则使白土梁国营林场逐步走上了快速、健康的发展轨道，真正形成了生态效益、经济效益、社会效益并驾齐驱的可持续发展格局，进而使之迎来了又一个蓬勃的春天。这一事实既彰显了这场席卷库布其的致富浪潮对白土梁的实际影响，也折射出了库布其人致富能力的强劲。

与白土梁国营林场状况相似的还有国营治沙站，比如什拉召治沙站。

什拉召治沙站是杭锦旗的 5 个国有林业场站之一，也是鄂尔多斯市创建的第一批国营治沙站，成立于 1953 年，地处独贵塔拉镇。总经营面积 13.9 万亩，辖 6 个作业区。历经 3 代人的艰苦奋斗，如今已在大漠里累计造林 6.7 万亩，绿化面积达 9.7 万亩，绿化率已高达 70%，为改善杭锦旗的生态环境做出了积极贡献。不过其经济状况也同白土梁林场颇为近似，时常艰苦到连职工的工资都难以发放。

步入 21 世纪之后，什拉召治沙站率先引入社会资本，在得到杭锦旗人民政府、杭锦旗林业和草原局的批准后，与亿利展开了以互惠为基础、以共赢为目的的竭诚合作。两股力量合在一起，结合国家的天然林资源保护工程、退耕还林工程、三北防护林工程，以及日元贷款风沙治理等重点生态建设工程的实施，业已在杭锦旗境内的库布其沙漠北缘成功构筑了一道阻沙带，有效防止了沙漠的不断蔓延及其对黄河的侵害，为眼下的大步跨越及未来的长足发展做足了铺垫。

诸多事实表明，眼下的库布其尽管仍然冠着"沙漠"之名，却已像其他地区一样，日渐与主流世界融为一体，至少"有能力赚钱"也同样成了一件荣耀的事情。

悲壮家乡情

如果将从"贫"到"富"的历程视作一条路，那么这条路上就大体奔跑着两种人：一种是开车的，另一种是搭车的。"开车的"是指那些在创业过程中也为他人提供致富机会的人，"搭车的"就是那些抓牢了这一机会的人。

此刻回头稍作盘点，就会发现这样一个事实：治沙成就越大的人，往往也是所开车辆载众越多的人；"司机"与"乘客"的身份也并非一成不变，而是会随着治沙成就的递增，呈现出一种递进式的演变。

如果说陈宁布、高毛虎、敖特更花等民工联队队长，此刻正开着一辆辆大客欢跑在这条致富的路上，那么他们的"东家"亿利董事长王文彪显然就是那个开着一列火车在奔驰的人。而在 30 年前的治沙初始阶段，王文彪则是那个大客"司机"，陈宁布等人还都只是这辆大客上的"乘客"。

一个人的禀赋资质、勤劳努力及社会资源，决定了他是会成为一个"司机"，还是会成为一个"乘客"；一个"司机"的社会资源，又进一步决定了他会成为哪一种交通工具的"司机"，是自行车、摩托车，还是皮卡、中巴，或者大客与火车。通常能量越大者，在度己的同时也能度人，度更多人；能力小者也足以度己，且会满足于此。

此刻回头再细致打量，还会发现这样一个事实：这条致富路上的"司机"基本都是库布其土生土长的大漠儿女，外来者罕见。而且他们彼此之间还存在一个共性，虽若隐若现，或深或浅，却是略微拂去岁月的浮尘就总会凸显，那就是他们几乎每一个都是早早就对家乡生出了"嫌恶"，早早就想逃脱这个苍凉的"沙窝子"，随后他们也大多成功地逃出去了，却并未逃得久远，而是在后来的日子里又相继地转回来，且再不肯走了。

这是一种颇为耐人寻味的现象。

韩美飞的经历，足以让人对此细细品咂一番。

韩美飞是亿利的元老级人物之一，也是王文彪的同村老乡，1953 年生于杭锦旗独贵塔拉镇杭锦淖尔村。在他儿时的记忆里，库布其就形同一口没边没沿的大砂锅，把他与众人团团地圈在里面，让他与他们对憋屈、荒寒、贫瘠等苍凉的字眼早早就感受至深了，使得他 10 岁出头的时候就萌生了逃离这个沙窝子的想法，且随着年龄的渐长而越发强烈。

他在 1975 年高中毕业后留校当了临时工，在学校当过炊事员、管理员等。之所以能够幸运地留在学校，其实也并非全是侥幸，而是"实在干出来的"。他早在 1973 年就结了婚，由此丧失了继续考学的资格，也堵死了通过考大学而逃离沙窝子的出路。于是他就在学校加倍地做"好人好事"，并开始了义务淘厕所，屡获"勤工俭学先进个人"称号。

在如愿留校之后的十几年当中，他烧过火，喂过猪，养过鱼，放过羊，种过菜，只要是领导指派的，他从未说过一个"不"字。而这淘厕所的差事虽从来就不是领导指派的，却也始终没有中止，"夏天拿勺子，冬天用铁锹，一点儿怨言也没有"，一直淘到 1987 年后半年有人接手方罢了，尽管他在 1986 年就已担任了学校的总务主任。他的总务主任之职属于聘用制，整个内蒙古自治区只有 2 人，另一人在梁外。

几十年后的今天再说起这事，这位令人尊敬的老先生仍不觉此事有一丝委屈，而只说作为一个被困在大沙窝里的沙区孩子，想跳出库布其是多么不容易。

然而在 1995 年 6 月，当王文彪向他发出召唤的时候，他却仍然回来了。

究竟为什么回来呢？韩美飞不曾说出更确切的缘由。

想来，王文彪给出的薪酬应该更高，这应该是一个重要因素，却显然不可能是唯一的因素，毕竟他是耗费了那么大心力才跳脱这片大漠的，不见得会为了"更多一些"的报酬而舍了前程。也不是为了荣光，因为那时候王文彪的治沙事业离辉煌还远着呢，实际上直到 10 年后的 2005 年，才有个别记者关注到亿利，还仅仅局限于杭锦旗的媒体。

也并非韩美飞的眼光有多高远，以至于早在 1995 年就预见到治沙事业的壮阔前景，事实是在接下来的许多年当中，他都对"老板"王文彪的举动没能理解透彻——

当年，包括以前，人们种树治沙都是被动的，都是形势所迫，亿利治沙则太主动了，由此饱受社会舆论压力，很多人说王文彪的风凉话，甚至说他是在表现，是想当旗长或者区长，这话让人听了多难受……我跟他二三十年，对他这么大的恒心、这么大的手笔也理解不透，那时候建个大型硫化厂才花 500 万元，他却为治沙就扔出去 300 万元……

每年都给我们布置治沙任务，还总嫌少，做年度计划时我们就尽量往少了报，左右不管你报上去多少，他都得给你翻番。那都是钱啊，弄得人人都不由得"哎呀妈呀"，心里害怕。预算里的钱我们也尽可能省着花，寻思多少剩点儿下来，他发现了，不让了，必须花掉！我们也都是参股的，那也是大家的钱，真心疼啊！

到 2007 年的时候，第一届库布其沙漠论坛召开了，国内外好多大人物都来了，国家领导人刘延东也来了，记者就多起来了，2009 年之后就更多了。这时候我心里才想：可能治沙是对的，要不咋能惊动这么多人，咋能产生这么大的轰动呢……

在听了韩美飞这番追述之后，深感韩美飞投身治沙大军的根由至少还有一点，只是未曾被他明确感知罢了。也或者，是他已经感知到了，却不曾明言。他说起话来声音略微沙哑，速缓音低，显然是一个非常内敛之人。

事实是韩美飞在亿利当了多年的项目部总经理，相当于亿利治沙的总设计师，每年种多少树、种在哪里、种哪些树种，等等，都是他的设计。著称于库布其的混交林即是他的手笔。在他看来，虽然种树是盼沙漠尽快披上绿装，却也并非种得越多越好，这就像日子不好过的人家不能生养太多的儿女一样，滴水如金的沙漠也是如此，树种多了就会彼此竞争水分，弄得哪个都长不好，甚至活不成。于是他将造林标准放在一边，因地制宜地制订方案，择定乔木或灌木，再设定数量。比如乔木林，国家标准是每亩地 130 株，他则只设定 10~20 株，再佐以 60 株灌木；又比如灌木林，国家标准是每亩地 220 穴，他则只种 50~80 穴，并搭配上 10 株乔木。尽管当时低密度的混交林并不被国家所认可，致使亿利因此拿不到相应补贴，但他仍然这么干了。在他看来，既然花了钱费了力，对沙漠生态产生切实的改善才是顶顶紧要的。

工作中的韩美飞

　　韩美飞在亿利工作了 25 年，于 2019 年退休，却不曾彻底退下来，遇有事情依然要帮着忙乎。他说自己是受过毛泽东思想教育的人，应该走在前面。他说树木是有生命的东西，你不给它吃喝，活到关键时候它就马上掉线了，它不会哭。他说亿利的飞播也是他一手操办的，"几百万元的草籽儿，飞机撒出去，那个壮观！我的草长在哪儿，树长在哪儿，我都能给你指出来""亿利种草种树，牧民放牧致富"，这是老百姓自己编的顺口溜……

　　这些话语渗透出了大量的信息，尤其那句"我的草长在哪儿，树长在哪儿"中的"我的"前缀。因为这非常令人动容，并值得深思。韩美飞重返大漠并在此奋斗了后半生的根由，亦可从中看出端倪。说到底，不过是与王文彪一样，同出于一个"情怀"罢了。

　　"情怀"无疑是个浪漫的字眼，文艺秀气，却也因此涉嫌缥缈，以至于很多人都觉得随口说着玩倒是可以的，将它认作一桩正经事情的根由则千不当，万不妥。所以当王文彪早年拿"情怀"为自己的治沙行为做注解的时候，大多数人都不肯信他，而宁愿相信各自的猜测——或为钱，或为衔儿，当这两件都在事实面前一一地不攻自破，索性又将其归因为了更简明的"出风头"，似乎只有如此说辞才接地气，才令人信服。这使韩美飞哪怕早已意识到了自己的行为同出"情怀"二字，却因有了王文彪的前车之鉴而不好尽言了。

除非同道中人方可信任此说，才能理解此情。

内蒙古自治区防沙治沙协会会长潘秀峰即为其一。

潘秀峰 1946 年出生于当时的准格尔旗黑岱沟乡点岱沟村，那个村庄地处库布其边缘，离正经的沙漠至少还有着五六十千米的路程。纵然如此，家乡在他的童年记忆里也是灰蒙蒙的——

家里有几亩地，春天种地时风正大，太大了，没法扬肥，扬了就会被风刮走，只能把肥料也像点种子似的放进坑里。种下去了也不牢靠，一场更大的风来，就把种子连肥一起卷走了。最多的一年补种了 6 次，末次已经错过了农时，种啥都嫌迟了，只好种了荞麦，荞麦生长期短，好赖得点儿收成。当年人们下地干活儿都得戴防风镜，顶严实的那种，要不完全睁不开眼睛，地表裸露啊，风沙欺人……上学亦难，离家七八千米的学校算是近的，我每天"跑校"，早晨鸡叫就走，单程一个半小时，下午放学回到家时，日头早落了……

潘秀峰脱离大漠的途径是参军，在 1964 年。

1969 年复员后工作于准格尔旗，1972 年调到伊克昭盟报社，1976 年调到乌兰察布报社，1986 年调到内蒙古画报社，并从此工作于呼和浩特市，直至 2004 年退休。

他显然是逃脱沙漠相对成功的一个。

然而在退休的前两年，即 2002 年，他就作为主要发起人成立了内蒙古防沙治沙协会，第一任会长为时任内蒙古自治区政协主席的千奋勇，常务副会长为内蒙古自治区林业厅厅长王家祥，副会长为内蒙古自治区水利厅厅长张文斌等，阵容堪称豪华。协会的关注焦点就是内蒙古的生态建设，找出问题，找对症结，继而调动各种社会力量来解决。

实际上早在 1999 年他就开始张罗这个协会的筹建了，而且在报社及画报社工作的几十年里也一直都在关注着库布其沙漠，并将关注点扩散到了内蒙古自治区的所有沙漠与沙地。也就是说，尽管他在复员后确实不用再摸爬滚打地迎风种地了，却也始终没有把目光从沙漠挪开，而且屡屡地走进沙漠，持续用影像记录着治沙的步履、生态的变迁。

工作中的潘秀峰

他移不开自己的目光，也停不下自己的脚步。

直到今天。

今天的他已年逾七旬，所言所谈仍然全是沙漠。反观自己当年对沙漠的憎恶，这持续大半生的心头所系也让他暗自生奇，每每思忖，则除了"情怀"二字再也找不出别的归因。子不嫌母丑啊，他说，子亦愿母康。

这一种情感的制约，对很多大漠子弟都是生效的。

现任达拉特旗展旦召苏木道劳哈勒正村的村支部书记刘世荣，1972 年生于当地，17 岁那年母亲病逝，只剩父亲带着他和妹妹生活，"家里很穷"。他也自小就想脱离农村，逃出沙漠，可叹老天不遂人愿，1989 年考师范，以 1.5 分之差金榜无名；1990 年考中专，以 1 分之差再次落榜。考学的挫折使他"差点儿疯了"。

冷静下来后，他于 1991 年 7 月赶到准格尔旗，学了一年的建筑设计。1992 年回乡后，承包了本村林场，开始在 600 亩林地、80 亩果园里试验亲本制种，并喜获成功。1995 年试养 100 只小尾寒羊，同样取得了成功。种种成就使他在 1997 年获选为科技副村长，又于 1999 年担任了村支部书记，直到如今。

刘世荣所在的道劳哈勒正村通常被简称为"道劳村"，地处库布其沙漠北缘、黄河南岸，占地 6 万亩，其中有耕地 3 万亩。种植与养殖素为村里的经济支柱，这使善于思考并擅长科技的刘世荣如鱼得水。他很快带领村民将科技越来越多地应用到了农业上。村子慢慢在全旗名列前茅，并在 2012 年获评为整个鄂尔多斯市的科技示范村。经济也由此蒸蒸日上，在展旦召苏木的 17 个村中位居第三，哪怕这 17 个村中还有 7 个是自带富裕因子的矿区村。全村总共 729 户 1 624 人，时下的年度人均收入已达到 1.5 万至 3 万元，尽管它在 20 世纪 90 年代还是个人尽皆知的贫困村，差一点儿就正式"戴帽"了。

刘世荣高而挺拔，脸膛偏黑，精明利落，堪以英俊来形容。对自己早年的考学经历颇为自嘲，对自己后来的工作历程颇为谦逊，谦言也谈不上满足或成就，不过是过着最基层的生活，天天都很充实罢了。

无论干啥，总得有带头人，对群众运动来说尤其如此。

库布其的致富浪潮之所以得以掀动并越涌越汹，就是众多带头人努力奋斗的结果。他们或台前，或幕后，或直接，或间接，哪一个都为此发挥了积极的作用。他们有一个共同的名字叫"大漠之子"，他们有一个潜在的共性叫"家乡情怀"。无论他们言或未言，那种情结始终都在，且终生未弃或弃之不能，他们也由此成了这条致富路上的"老司机"。

纵然在时光的流逝当中，他们中的一部分已相继退出了社会舞台，目光却依然紧锁着这片大漠，而且总有后来者在承继他们的衣钵，抓牢他们的"方向盘"，从而使更广泛的群众得以在这条从"贫"到"富"的大路上继续奔驰。

事实是，"情怀"在库布其非但不是一个浪漫的字眼，反而含蕴了一种深沉的悲壮。

时至今日，韩美飞仍然居住在库布其。眼下的他不仅对家乡早没了儿时的那种怨责，且还深爱着库布其的旷阔与疏朗，说"在咱这儿开车都能开睡着了"，并享受于此。

2020 年初春的一天，走进了他位于独贵塔拉镇的家。他家的电视背景墙上贴了 5 片树叶，贴成一个缓缓的弧形，中间那片位于电视机中部，左右各 2 片均匀分布。如此醒目的电视背景墙真是平生第一次得见。韩美飞说，不曾在沙漠里种活过一棵树的人，是难以体会治沙人对树的感情的，感同身受是有限度的。他说那是从美国引进的三角叶杨的叶片。言罢他即从电视柜的抽屉里取出尺子，张臂够到墙上去度量，边量边说这叶子活着的时候长 31 厘米，宽 22 厘米，现在缩水了，长 30 厘米，宽 21 厘米……

韩美飞度量树叶

第四章

沙里淘金

这并非一个惯性的顺延，而是一个伟大的转折。

虽败犹荣

韩美飞所说的三角叶杨，引进于 2000 年冬天，从美国空运过来的。

之所以如此不吝巨资地投入，缘于这种树是一种著名的速生杨，长得非常快。王文彪期待着将它尽快地在库布其沙漠大面积地推广种植，然后以其为原料建个造纸厂。既然治沙得种树，种树得花钱，那么就尽可能种些能生金的树吧，以期收回成本，哪怕只是部分。

从 1988 年到 1999 年，亿利的种树资金一直仰赖于"输血"。起初是从盐场所售每吨盐的十几元利润里提取 5 元，1995 年盐场改制为亿利后，就改为从能源化工的主业利润里每年提取 10%~20%。也就是说，亿利在此期间的治沙行为几乎全是贴钱的，这也是王文彪的种树动机屡被质疑的根源，若非当真"跟了鬼了"，正常思维显然对此难以理解。

步入 21 世纪之时，王文彪设计了一个庞大的治沙规划，准备将树逐步种到大漠腹地里去。由此涉及的土地流转、牧民安置、人员雇用等预算也都渐次出笼，这使他仔细掂量了一下集团的收益，似乎感到了空前真切的力不从心。

向沙漠要钱要效益的想法，自此在他的脑海里得以萌芽。这种想法具有划时代的突破性，因为在此之前，事关生态的一应建设都已被惯性地框定在"公益"的范畴，人们也都习惯性地认为从事这种建设不应该考虑到钱，一旦考虑了就是"目的不纯"，以至于很多年都没人敢就此事谈钱。然而此前十几年的种树实践，已让他深刻认识到一味地依赖于"输血"式治沙，就俨然开启了一个巨大的无底洞，不仅没人能耗得起，尤其无法调动起更多人的积极性。如果能一边治沙，一边用沙，则这项事业就有了无限的前景。万里迢迢地从美国引进三角叶杨，就是这种想法的最初实践。

　　然而事实很快表明，这是一次失败的尝试，且很惨痛。

　　2020年，亿利沙漠研究院副院长张吉树对此事做了一个客观的追述。从中可知，这种树也叫小美旱杨，是在慎重考察之后才最终引进的。2001年的春天就育苗1 000多亩，而且很提气，成活率很高。接下来的长势也很好，尽管速生性并没有在原产地美国表现得那么明显，却也远远超出了本地杨树。

三角叶杨林

就在人人都深感振奋的时候，王文彪却突然改变了预定计划，宣布不建造纸厂了。原因在于当时的"亿利化工建材（集团）公司"已正式更名为"亿利资源集团公司"。由"化工建材"向"资源"的转变，不仅仅是字面上的改变，更是企业性质的改变，意味着亿利自此将以生态产业作为自身的发展朝向，尤其是致力方向。造纸厂就此胎死腹中。

这是一个打击。尚未平复，随着在"锁边林"带业已种下的那些树渐长渐高，亿利人又遭受了另一个打击：这种树太过脆弱了，大风一吹就拦腰折了，或者整个倒伏了。而且怕日头，强烈的阳光一旦直射得多了，它的树皮就烂掉了。事实已证明它不适合这片大漠，风大、日头毒正是这片大漠的两大特点。也就是说，即使拿它防风固沙也是不够妥当的。

如果说这两个打击还不够令人心寒，那么还有第三个。

第三个事实是随着这些树木的继续生长，亿利人又发现它实在太耗水了！对库布其沙漠的水资源状况来讲，几乎每棵树都形同一台抽水机，库布其根本供养不起。它的速生性之所以不如在原生地美国明显，它的易折怕晒等现象，很可能都源于它一直都没能喝饱呢。

无论如何，美国三角叶杨不适合在库布其大规模种植。

这就是亿利在最初的"造血"实践中，所付出的"血"的代价。

显然，"造血"模式的建立比预想的还要困难，尽管预想之际就已足够客观了。

不过，这次实践虽败犹荣，因为它开启了库布其的沙产业之门，并使亿利自此踏上了将"绿水青山"演进为"金山银山"的光辉之旅，尽管这英明的"两山理论"当年还未曾问世。在十几年后的 2018 年底，当亿利构建的库布其沙漠生态示范区获评为"国家第二批'绿水青山就是金山银山'实践创新基地"，并由此成为内蒙古自治区首个"两山基地"的时候，再回望这初次的尝试，就愈加觉得那是一次光荣的失败了。

此次尝试其实也印证了亿利对"生态优先"之原则的坚守，证明了它是一个有骨气的企业，不吃子孙的饭，不花子孙的钱，而唯求在治沙解困的同时也能为后代留下一块净土。而且那些最早受雇于亿利的农牧民，还在种植这些树的过程中挣得了令人振奋的第一笔收益，并由此掀起了普遍的"恨穷"之心，进而在这片大漠形成了蓬勃的"向富"之风，使得全民都竞相投身生态产业，这也是一项大收获，哪怕他们可能至今都对亿利当年的状况一无所知。

实际上这次失败更加坚定了王文彪势将"输血"转变为"造血"的决心。他坚信这样的朝向是正确的，不过是走了一小段弯路。

多年之后，潘秀峰说，将库布其沙漠视为"死亡之海"过于悲观了，如果是，也至多代表了过去。过去人们之所以这么认为，根源在于对库布其不了解、不认识，而没有了解就谈不上应用，没有认识就形不成理念。后来随着治沙进程的持续，人们才越来越多地发现了它的好处与妙处，在步入21世纪之后，就已渐渐认定那是一个宝藏了，药用的、食用的、饲用的东西，大漠里头件件都有，样样丰富，尤其纯净无比，沙漠是世界上最干净的环境。

系统而又缜密的科学研究，显然是打开沙漠这个巨大宝藏的必要前提。这也是王文彪随后创建沙漠研究院、种质资源库的初衷与目的。作为全球第一所由企业创办的沙漠研究院，以及中国西北最大的种质资源库，两者也确实完美实现了创建者的心愿，迄今已研发了200多项生态种植与产业技术，培育了1 000多种耐寒、耐旱、耐盐碱的生态种子，进而使亿利成了全球拥有治沙专利技术最多也最先进的企业，这为库布其沙漠的最终改观，以及库布其人的整体脱贫，提供了及时而又强劲的科技支持。

说到底，失败往往就是走向成功的必由之路。

救命甘草

不确定当年的王文彪有没有悲伤，或者悲伤了多久。

不过此刻翻阅亿利的档案，很怀疑他有没有容许自己悲伤片刻的时间。

档案显示，亿利在种下美国三角叶杨的同期，还种下了大面积的甘草，就种在杭锦旗域内黄河南岸、库布其沙漠北缘的"锁边林"内及沙漠腹地，约有2万亩之巨。

黄河在杭锦旗境内绵延 249 千米，杭锦旗由此成了整个黄河流域流经最长的一个旗县。库布其沙漠也在杭锦旗境内横亘 242 千米，且与黄河并肩而行、唇齿相依。这使每年的春冬两季都会有大量黄沙滚入黄河，在持续侵蚀黄河的同时，也形成了黄河的内蒙古河段总是含沙量偏大的事实。

为终止这一现象，亿利于 2000 年针对"锁边林"的建设编制了《杭锦旗库布其沙漠综合治理》规划方案，提交给杭锦旗委、旗政府。杭锦旗委、旗政府对此极其重视，并给予了大力支持，进而将其命名为"百万亩甘草防沙护河工程"，于 2001 年正式启动。项目实施区域在库布其沙漠北缘，从独贵塔拉镇一直延伸到呼和木独镇，占地 5 万亩，那 2 万亩的甘草即在其中。那一带原称"阿麻补隆"，王文彪将其改称为"阿木古龙"，汉语意思为"吉祥太平"。

当年的设想也是极如意的，既以速生的美国三角叶杨止住了黄沙，护妥了黄河，又得一片净土栽植了甘草，而甘草是颇具价值的中药材，三角叶杨又可作为造纸厂的好原料，有了这两项产业，沙漠治理的"造血"式转型也就大有眉目了。然而造纸厂的计划很快就自行中止，这种如意的畅想也就全部寄予在甘草身上。

尤为重要的是，甘草也是当年整个杭锦旗的众望所归。

杭锦旗政府于 2000 年即制定了一项著名的"一草一蓉战略"，"草"即甘草，"蓉"为苁蓉。对于计划中的两大支柱性沙产业，杭锦旗给予了很大投入，以至于每栽下 1 棵苗木政府都会补贴 1 分钱，从 2000 年至 2002 年，连续补贴了 3 年。

2002 年甘草的状况究竟如何还有待观察，所以尽管美国三角叶杨的败局已定，估计王文彪也并没有心思去悲伤。

实际上作为"一草一蓉战略"的实施者之一，亿利早在 1999 年就开始了在沙漠里种植甘草的尝试。此前库布其也曾有人进行过甘草的人工种植，不过所产甘草的各项指标其实达不到国家药典的标准。亿利是首次在沙漠里大面积种植甘草，尝试的还是半野生化的栽培，以王文彪的性格，势必还要种出全面合格的那种来，这就意味着一切都尚在试验当中，也就一切都还没有定数。

阿木古龙甘草基地

后来，通过张吉树的追述方知，王文彪当年不只是要种出全面合格的甘草来，而是要严格按照 GAP 基地的标准打造中国的甘草产业园区。

GAP 是 "Good Agricultural Practice" 的缩写。"GAP 基地" 就是国家 GAP 管理部门认可的规模化、药用动植物养殖、种植基地，或是加盟于同类相关中药材专营企业的基地，也是制药集团的制药原料供应地。说白了，这就是某种或多种中药材最高级别的产地，生产过程中的各个环节都少不了现代科技的充分渗透，尤其要遵照国际认可的标准与规范。

如此一步到位的魄力自然令人钦敬，由此所面临的压力却也同样令人望而生畏。

2002 年，张吉树兼任了梁外甘草 GAP 项目部经理，自此担起了这片甘草园的规范化栽培工作。他说甘草的经济价值虽然非常高，但前提是必须实现半野生化栽培，而且须在三四年后采挖，这样才能保证其药效。这项技术尚未成熟，且先验有限，一切都得从头开始。

尽管如此，张吉树仍然认为所有努力都颇为值得。

在他看来，世界甘草数中国，中国甘草数内蒙古，内蒙古甘草数鄂尔多斯，鄂尔多斯甘草则数杭锦旗。杭锦旗素有"中国甘草之乡"的美誉，远在西周时期就有了"甘草城"之称，一直发展到今天。而杭锦旗的梁外甘草则为最中之最，就像塔拉沟的羊为羊中锦绣一样。鉴于此，亿利也在 1999 年于沙漠中试种甘草的同时就启动了相关研究，并持续了 5 年之久，张吉树从 2002 年投身于此，为这项技术的成熟悉心苦研了接下来的两度春秋。

需要研究的项目众多，诸如种子标准、苗木标准、环境标准、等级分类标准及采收标准，等等，每一项都需要按照不同的设定值种植多种，以供相互比对分析。就这样边种植边研究，边总结边提炼，每一项成果的出笼都需要一定的生长时间。更宏观的项目主要是 3 项，即野生甘草的抚育管理、半野生化栽培与集约化栽培，其中最关键的是半野生化栽培，后期的突破也正是半野生甘草（仿野生甘草）种植与集约化种植，这也成了目前甘草种植的两种主要方法，而且亿利已拥有"梁外甘草沙漠栽培方法"的发明专利。

还有对各地甘草的比对性研究，以此明确杭锦旗的梁外甘草到底好在哪里。为此，张吉树采集了东北地区、新疆、内蒙古赤峰、甘肃民勤县及金塔县等国内各个主要甘草产地的甘草，与厦门大学联合进行了细致的分析研究。张吉树说这个过程相当繁复，最终发现梁外甘草的黄酮含量最高，没有一个超过它的。并且不同地区的甘草会呈现不同的指纹图谱，就像每个人的指纹都各不相同似的。2020 年再说起来时，他还不由得深深感慨，说为什么古人早在两千多年前就知道梁外甘草的好呢，现在用那么先进的仪器检测起来还那么难呢！真让人不可思议！

无论如何，药材好，药才好。

2004 年，亿利终于在"吉祥太平"的阿木古龙栽培出了当今中国最好的沙漠梁外半野生甘草，并于当年 9 月 18 日一举通过了由原国家食品药品监督管理局组织的专家现场 GAP 认证。同年，亿利的《梁外甘草质量标准》被 2005 年版《中华人民共和国药典》采用，亿利也成为国内甘草质量标准的制定者，并被确定为国家重点农业产业化龙头企业。2006 年 10 月，由亿利科技甘草分公司承担的"鄂尔多斯市杭锦旗梁外甘草农业标准化示范区"项目，也通过了国家标准化管理委员会的验收。亿利成为梁外甘草标准化种植的制定单位。

中国很多常用中药材，如连翘、桔梗、三七、茯苓等，都有相应的 GAP 种植基地，这体现了国家对道地中药材基地建设的重视，也指明了中药材种植与生产的发展方向。甘草 GAP 种植基地在杭锦旗的落地，在标志着杭锦旗的"一草一蓉战略"取得阶段性胜利的同时，也意味着王文彪构想的"造血"式治沙转型已跨出了成功的一大步，不仅就此消散了美国三角叶杨所带来的失败阴影，更为亿利从"朦胧扶贫"向"明确扶贫"的过渡打下了坚实的基础。

事实是直到今天，甘草种植仍然是亿利扶贫的重要途径，且已通过"林药间作、立体开发""公司＋基地＋农户"等模式，将沙漠半野生种植甘草、围封抚育野生甘草的面积拓展到了 120 万亩之巨。

对库布其沙漠及库布其人而言，在亿利针对甘草所进行的漫长而又繁复的诸多科研项目当中，顶紧要的一项在于它使甘草的平移栽培模式标准化了。这项技术的成熟，使甘草的治沙效果得到了成倍的提升，并使农牧民的甘草种植获得了更大的收益。

亿利在甘草种植方面与农牧民的合作方式，也是在阿木古龙甘草基地的培育过程中逐步摸索出来的。基本有两种模式：一种是"三到户"，即亿利向种植户提供技术、苗木，并负责收购；另一种是"四到户"，在上述三项之外，亿利还为种植户提供土地。后者主要针对的是贫困户。贫困户通常在基本的口粮田之外，再没有更多的土地，亿利就利用阿木古龙那片土地与其合作，使其通过劳动实现增收。

其实无论哪一种模式，种植户所承担的风险都已降到了最低，因为种苗供应、技术服务、产品质量检验、回收销售等均由亿利承担，种植户所承担的只剩下了人力与物力的投入，种植所必然面临的技术风险、市场风险等都已由此大幅度缩减，甚至已消弭为零。

也因此，阿木古龙至今仍是亿利甘草产业扶贫的重要示范基地，十几年中带动了大批农牧民脱贫致富。事实上，阿木古龙是世人对库布其沙漠史上空前的大面积经济型应用，是库布其人"沙里淘金"的破天荒壮举，它成功开启了库布其沙产业的大门，实现了"输血"式治沙转向"造血"式治沙的一个大跨越，为库布其的全面富裕开了个好头，迄今也仍是亿利库布其沙漠绿色经济最主要的组成部分。

鉴于甘草产业链的成熟，也有越来越多的农牧民开始在自己的土地上种植甘草，并以此创收。比如牧民吉仁门肯，他家有 3 000 多亩草场，却因沙化严重而始终徘徊在贫困线附近，后来在亿利的带动与帮扶下改种了甘草，每年收入 4 万多元。

重振 2013

甘草虽好，却需要时间才能变现。

张吉树说甘草的培育是个慢活儿，至少得给它三四年的光阴让它成长，后来的研究表明在第四年头儿上采收的甘草才是最好的。采收之前，则全是投入。

也就是说，尽管甘草的试验喜获成功，甚至得说大获成功，针对的却并非亿利自身的效益，而是更多指向了生态效益与社会效益。企业在甘草身上所收获的红利，则正经还要缓上几年，纵然其利颇为可观，却也因漫长的周期而成了难解近渴之远水。

于是继续沙产业的探索，王文彪已意识到那是最好的出路。

2007 年，达拉特旗工业园区投产运营。

2011 年，库布其工业园区也成功创建。

中国泛海集团、大连万达集团、浙江传化集团、上海均瑶集团、浙江正泰集团、山东淄博矿业集团、法国液化空气（中国）有限公司等国内外知名企业，相继被亿利成功引入到库布其。为了保证洽谈中的顺畅交流，王文彪曾苦练普通话，也练得颇为不错，奈何当年能看上沙产业的企业家寥寥无几，令他也曾"四处碰壁，处处遭白眼"，所幸"栽得梧桐树，不愁凤凰来"。到 2012 年，亿利已基本实现了从传统运营模式向平台经济运营模式的转型。

尽管沙产业的持续深化看似顺风顺水，几年来陆续采收的甘草所带来的红利也堪称可观，却由于创建园区的巨大投入及治沙范围的持续扩大，亿利的经济状况并未因此发生实质性的改观，充其量使同期的治沙行为处于"半输血、半造血"的状态。这意味着王文彪已承受了多年的资金上的压力与心理上的负荷，并未能随着时光的流逝而减轻分毫。

王文彪也似乎终非一个铁打的人。

在这样的情境中，当再度面对集团接下来的发展战略之时，他的心竟也不由得产生了些许犹疑，有点儿进退维谷，或说左右为难：是紧着赚钱去，还是沿着老路走？

正举棋未定，手机屏上的日期已显示为 2012 年 11 月 8 日。

当末尾那个数字跳转为 14 的时候，徘徊在十字路口的王文彪已坚定了自己的朝向：按老路走！

8 年之后，韩美飞说：我老板是碰上党的十八大了，碰上了"两山理论"，要不他就废了！

绿色中国梦

所幸"要不"只是一个假说。

沙产业的持续深化，由此成了王文彪在 2013 年以后的发力所在。

在 2019 年出版的《大漠奇迹：亿利治沙哲学》一书中，王文彪这样描述了他对沙漠经济的认识，及对沙漠治理、沙漠民生之相互关系的理解——

沙漠经济中"经济"的概念有两个层面的含义，即企业的规模经济以及合理的产业结构。生态系统功能的发挥是以一定的规模为条件的，所以，沙漠治理必须坚持规模化的导向。只有企业的经济体量达到一定的规模，才能保证规模化治沙。大规模的沙漠治理要求较大的投入，只有一定经济规模的企业才能支撑这一目标。而合理的产业结构更有利于实现不同产业间的协同效应，带来成本的降低和效率的提升，有助于企业经济目标的实现。

民生是沙漠经济的必要组成部分。沙漠地区通常是贫困人口集中的地区，只有通过有效的经济发展手段，帮助当地人民脱贫致富，才能保证沙漠经济的可持续发展。

以库布其为例，20 世纪 80 年代以前，沙区人民相当贫困，缺乏基本的生计手段。在库布其沙漠治理的过程中，亿利将当地农牧民的生计改善作为重要的目标，通过直接的技术和经济支持、基础设施的改善，以及公共服务系统的投入，使当地农牧民积极参与整个沙漠经济发展的过程，共享沙漠经济发展的成果。这一方面体现了企业的社会责任，另一方面也为企业发展提供了包括劳动力、土地等必需的生产要素，实现了互利共赢。

在这样的思想基础上，"富起来与绿起来相结合、生态与产业相结合、企业发展与生态治理相结合"的"治沙、生态、产业、扶贫"四轮平衡驱动的可持续发展模式，得以孕育并渐致成熟。这一模式成功实现了"治理—发展—再治理—再发展"的良性循环，形成了"防沙治沙、产业发展、生态改善、社会稳定、民族团结和人民富裕"的互动多赢格局。在王文彪看来，这一模式"在本质上是政府和社会资本合作模式（PPP）的一种具体制度安排形式。与一般的 PPP 制度安排相比，该模式的一个最大特点是存在 3 个合作主体，即政府、企业（以亿利为代表）和当地农牧民"。

　　著名的"平台＋插头"的经营策略也得以出台，以此构建了一、二、三产业融合发展的产业体系，并取得了显著成效。

　　概括地说，这一策略就是以库布其既有的专业工业园、有机田、全域旅游、牛羊养殖、新农业体验经济、森林体验产业等资源禀赋为平台，通过优质的服务和支持体系，使任意一个外来合作者都能快速而有效地对接到不同的沙漠产业，并降低对初入者初期投入规模和投资门槛的要求，使参与者实现增值收益，同时使绿色资本、先进技术、现代管理等均能得以广泛引入，而且彼此的合作就像插头插入插座一样默契而迅敏，进而愉快地实现强强联合、优势互补、共同发展的宏大目标。

　　亿利已在这方面打造了很好的样板：与联合国环境规划署合作，建立了"一带

一路"沙漠绿色经济创新中心，合作开展了技术与交流、专业人员培训、青年环境意识教育等活动；与《联合国防治荒漠化公约》、非洲绿色长城组织合作，开展了防治荒漠化研究；与英国爱丁堡大学、北京大学等国内外高校合作，开展了沙漠产业领域的产学研一体化合作；与国内光伏龙头企业中广核、正泰等合作，在库布其建设了生态光伏产业基地；与荷兰、英国等一些土壤修复、水处理、自动化无人机公司合作，引入了国际最先进的生态修复技术。

　　同样在《大漠奇迹：亿利治沙哲学》一书中，王文彪说新产业和产业新形态的出现具有不可预见性，因而要预测在沙漠这一特殊的自然环境条件下，未来会出现

贫困户在光伏板下进行农作物种植养护

什么样的产业是极为困难的。不过越来越重视人文环境友好因素是社会发展的大趋势，相信沙漠产业也必定会坚持生态环保的原则，由此也可以尝试对沙漠的未来产业发展方向做出判断。总体来说，建立平台经济是沙漠经济未来发展的一个方向。

总之，产业化治沙是库布其治沙的关键之关键，没有产业化，就不可能实现持续治沙。市场化也同样紧要，没有市场化，这种耗时耗力的庞大工程也不可能持续下去。

时至今日，亿利已形成了生态修复、生态工业、生态光能、生态牧业、生态健康、生态旅游六项生态型产业结构。其中生态修复是采用新技术对荒漠化、盐碱化土地、水资源和草原生态环境进行治理，对退化土地的系统恢复、重建和改进等农林生产活动；生态工业是指保水剂、固沙剂、土壤改良剂、有机饲料、有机肥料等产业；生态光能即光伏发电产业，采用"发电+种树+种草+养殖+扶贫"的生态与能源的良性互动模式；生态牧业是按照"宜草则草、草畜平衡、静态舍养、动态轮牧"的原则，推进生态牧业的建设，实现"农林牧草"的良性互动；生态健康是依托甘草种植基地及肉苁蓉等中药材的规模化生产基地，打造以中药及蒙药为主的健康产业链，开拓沙漠健康市场；生态旅游是依托库布其沙漠数十年的生态建设成果，尤其是库布其国家沙漠公园特有的自然风光，打造大漠星空、生态体育、野生动物等特色旅游项目，开展体验、认知、教育式的沙漠生态旅游。

"六生态"产业互促共进，实现了第一、第二、第三产业的融合发展，建立了健康、完善的沙漠生态经济体系。这为"死亡之海"向"经济绿洲"的蜕变提供了强劲的支撑，为"绿水青山"向"金山银山"的跨越搭建了坚实的桥梁，为库布其人的最终脱贫致富打下了坚实的基础。

杭锦旗以及整个库布其沙漠的质变，即将发生。

"经济绿洲"

在业已过去的最近 20 年当中，在国家及地方政府诸多积极政策的强劲激励之下，尤其在"绿水青山就是金山银山"重要思想的指导之下，库布其的许多本土企业都相继热情地投身于生态建设当中，在治理沙漠的同时，也竞相探索沙漠经济的创新与发展。种种努力既使库布其这些年的生态建设成果远远超出了 20 世纪的总和，亦使库布其人的整体脱贫致富实现了根本性的突破。

对于达拉特旗在这方面的出色表现，达拉特旗的林业和草原局局长刘锦旺如数家珍，不仅言谈中流露着些许骄傲、很多自豪，而且对涉及的每一个数字都是张口即来，毫不迟疑。他的业务之扎实，及对库布其的热爱之真切，令人印象十分深刻——

2020 年，达拉特旗已累计完成退耕还林等国家林业重点工程 243 万亩、退牧还草和人工种草 375 万亩、矿区复垦绿化 1 100 公顷。目前全旗森林总面积为 368 万亩，湿地总面积为 45 万亩，全旗森林覆盖率和植被覆盖度分别达到 28.9% 和 78.8%，这比整个内蒙古自治区的平均值都高，是一个很大的成就。村庄、草原由此得以保全，优质农田也得以从原来的 140 多万亩，扩展到现在的 220 多万亩，扩展了 80 万亩。达拉特旗自来就是农业大旗，这些农田的增加意义非常。

自 2000 年以后，达拉特旗就是一边治沙，一边用沙了，集中力量发展林沙产业，先后推出了"治沙＋致富""生态＋增收"的发展新思路，提出了"沙漠＋生态、旅游、光伏、农业"的发展战略。相对杭锦旗而言，达拉特旗在治沙用沙上的政府主导性更突出一些，主要靠国家项目带动，以农牧民为主体，因为达拉特旗是农区，农民多。

在库布其沙漠覆盖的三旗当中，达拉特旗对沙漠旅游产业的开发是最早的，以响沙湾为最早。现在全旗已拥有 5 家 4A 级以上的景区，其中响沙湾是 5A 级的，银肯塔拉、恩格贝、释尼召、神龙寺是 4A 级的。每一个景区都是以一片沙漠为核心的旅游资源，围绕着沙漠不断地去开拓、去创新，全心全意而又踏踏实实。这使库布其在可以预见的未来，势必会成为中国沙漠旅游的一块胜地，甚至会成为享誉国际的沙漠旅游目的地之一。

库布其沙漠的所处位置属于黄河的中上游，达拉特旗处于库布其沙漠的中部偏东地带，东西长 150 千米，南北平均宽 19 千米，总面积为 435 万亩。库布其沙漠的 10 条孔兑（季节性河流）有 8 条全部位于达拉特旗，另外 2 条分别与准格尔旗、杭锦旗共享。这样的自然安排，使"南围、北堵、中切割"的库布其治沙战略在达拉特旗实施起来要相对容易些，因为孔兑已构成了天然的"切割线"，只要对各条孔兑的两侧沿线进行绿化就已经足以遏止沙漠的流动。到 2020 年，达拉特旗的沙漠治理面积已达 108 万亩，占全旗沙漠的 25%。

风水梁是达拉特旗著名的沙产业基地。

这个基地原称"风干圪梁"，位于哈什拉川、母花沟这 2 条孔兑的中间地带，原本是一处无水、无路、无植被的荒沙滩，后在达拉特旗委、旗政府的大力支持下，东达集团在此建设了一个生态移民扶贫新村，并更为现名。这个基地以典型的沙生植物沙柳作为发展沙产业的切入点，衍生了一套完整的沙产业链条，在为本土的生态移民提供了脱贫及创收机会的同时，也吸引了来自山西、河北、浙江等 12 个省份的人群。人们依靠沙柳种植或獭兔养殖等途径，陆续在此达成了各自的致富心愿。

简略地说，这条沙产业链条是这样运转的：在沙漠上大面积地种植沙柳，以实现沙漠的治理，同时利用沙柳"平茬复壮"的特点，定期将其采伐，以它的嫩枝绿叶做饲料，粗枝做板材。板材制作过程中产生的沙柳废屑可做菌棒，培植香菇等木生食用菌。木生食用菌利用的是木材的纤维素、木质素等，用过后还剩下很多蛋白质等，经高温灭菌即可加工成蛋白饲料，用来饲养獭兔。獭兔的皮毛可做服装饰品等，肉可食，血可喂貂等，粪便亦可做肥料，改造沙漠……

这么转了一圈，就形成了以沙柳种植基地、獭兔养殖基地、沙柳刨花板厂、饲料加工厂、獭兔皮加工厂、皮草复合服装厂、食品（獭兔肉）加工厂、光伏发电厂等多项业态为内容的一个循环式产业链条。这个链条环环相扣，良性运转，既使企业拥有了持续治沙的能力与动力，更使众多沙区农牧民以及外来人口借此增收，甚至致富。如今风水梁已作为"无土移民"的一个成功案例，成为中国内生城镇化与产业扶贫的典范，在全国范围内推广。

对沙柳等沙生植物的类似利用之法，在库布其广泛存在，且至今仍处于不断创新研发的进程当中。达拉特旗将此视为"生态资本"向"富民资本"的转变。

这样的实践在内蒙古防沙治沙协会会长潘秀峰看来是极为必要的。他说此前人们通常认为生态建设就是种树、种草，只要把荒漠化地区普遍绿化了就万事大吉，实际上并非如此。而是要更进一步，要讲究经营与利用，且要及时；否则不仅是一种巨大的资源浪费，还会造成火灾隐患。

事实也正是如此。如今的科研成果已经表明，像沙柳等沙生灌木，几乎每一种都需要定期地采伐，也就是库布其人所说的"平茬"。这样它们才能保持旺盛的生命力，否则就会随着年份的增长而渐行委顿，直至枯亡。也就是说，将生态资源转化为经营资源不仅不会影响生态，反而是生态健康的一种必需，尤其还会在过程中裕企富民。或许也正因如此，库布其人才渐渐总结出了这样一句话："治沙不用沙，就是大傻瓜。"

时下的库布其已罕见这种"大傻瓜"，事实上他们已经"精明"到能把很多沙漠资源都加以妥当地利用了。比如在沙生植物上，除沙柳之外，他们还会在沙漠治理的进程中大力种植柠条、杨柴、沙蒿、苜蓿等诸多乡土灌木树种及牧草，以此获取丰富的饲草、饲料资源，进而使标准化舍饲养殖模式得以顺利延续，既解决了林牧矛盾，亦推动了农牧业产业结构的调整，更使鄂尔多斯出台的禁牧、轮牧政策得以顺利施行。而且据有经验的牧民反映，由这些生态资源转化而来的饲草饲料更加有利于牛羊的成长，以此喂饲的基础母羊各个膘肥体壮，产出的羔子也都好大个儿，就连骨骼都较其他饲料喂饲的要显粗壮，真是非常优质。

库布其沙漠那灼热又充足的阳光也得到了应用，库布其人建设了多处"光伏基地"，且并未单单满足于发电，而是将其衍生为"光伏产业"，以"光伏＋治沙＋农林＋旅游"的模式，推进了第一、第二、第三产业的融合发展，实现了地区经济转型升级与生态文明建设的共赢。

甚至连风积沙，也就是在风的持续吹拂中而形成的积淀的沙层，也被库布其人当作了一种可利用的资源，以此发展了清洁建材产业，研发了高档节能环保型陶瓷墙砖，其产品已经畅销大江南北……

王文彪对沙产业进行过不止一次的详细论述，从中可知沙产业也就是沙漠产业的简称，是一种包含了第一、第二、第三产业的全产业链的产业体系。由于沙漠产业起源于沙漠生态的系统修复，即改善沙漠生态环境，提升沙漠土地价值，以恢复沙漠生态系统的自然生产力，此类修复性活动就构成了沙漠产业体系中的第一产业，也就是沙漠农业、林业、牧业；在第一产业的基础上，进一步发展以生态保护为基础、各具沙漠特色的相关工业，如沙漠农产品深加工、生态工业、新能源等，就构成了沙漠产业体系中的第二产业；为沙漠经济活动相关主体和第一、第二产业提供服务的其他产业，则构成了沙漠产业体系的第三产业，如生态修复技术与工程服务、沙漠旅游文化等。

如果从产品和服务的特殊性角度来考察，还可以将沙漠产业区分为简明的两大类：一类是提供公共产品的产业，即沙漠生态修复，这也是沙漠产业体系中的基础性产业；另一类就是提供除公共产品之外的其他产品的产业，这也是沙漠产业体系中的衍生性产业。

这样的观念并非自来就存于头脑当中，而是源于经年实践的持续累积与长期熔炼，源于人们既要改造生态、建设生态，又要控制成本、缩减成本的强烈愿望与现实逼迫。相较于此前，这样的观念无疑是对传统的一种突破，而古今中外任何一种思想上的突破，几乎都来自现实的急迫需要。

相对而言，库布其人时下所缺的已不是利用沙漠资源的意识，而是相关的研发与相应的科技。据张吉树介绍，尽管沙漠产业本身就建立于科技进步的基础之上，不过就目前而言，沙漠产业的科技含量仍然还是偏低的，这就使得其产品成本偏高，直接影响了市场的销售。

事情的好处在于，对于科技而言，"进步"显然是它恒久的属性。那么此刻也就有理由相信，相关的研发与相应的科技必然终会跟上人们的意识，满足人们的需要，且为期断然不会遥远。库布其的沙漠经济因此只会日趋蓬勃，而不会存在其他的可能。

其实，库布其的今天已足够令人满意，毕竟沙漠产业已经在此全面展开，沙漠经济也正在3个旗同步深化。事实是，今日的库布其已经拥有了10个现代化城镇。其中杭锦旗有3个，分别是独贵塔拉、锡尼、吉日格朗图；达拉特旗有4个，分别是吉格斯太、风水梁、树林召、恩格贝；准格尔旗有3个，分别是十二连城乡、布尔陶亥苏木、大路镇。

库布其还陆续打造了4个工业园区，即杭锦旗的库布其生态工业园、独贵塔拉工业园，达拉特旗的达特拉经济开发区，准格尔旗的大路工业园区。

这些现代化城镇与工业园区的存在，加上陆续打造的响沙湾、银肯塔拉、恩格贝、夜鸣沙、七星湖等十几家旅游景区的全域分布，已使库布其沙漠"遍地开花"，形成名副其实又生机蓬勃的"经济绿洲"。这使库布其实现了生态环境保护与社会经济发展的协调统一，亦使库布其人获得了越来越多的就业岗位与越来越丰富的增收途径，从而根治了"树在地里绿，人在家里穷"的宿疾，进而使"治沙"与"致富"得到了同步的推进。广大农牧民在这一过程中实现了普遍的富裕，最保守的说法也是普遍的宽裕。

美丽的水镜湖

库布其循环经济产业园

这使"精准扶贫"的"精准"二字在此具备了与字面相符的实际意义，因为贫者已是少数。这样的事实并非无足轻重。如果没有这项成就，如果库布其还一如从前那般举目皆贫，"精准"一词也就无法透露出它所特有的谷中拣沙般的精确属性了。

说到底，库布其的脱贫致富之路与库布其的生态建设之旅相伴而行，并相互促进、相互影响、相得益彰，就像两个同胞兄弟那般难分你我，尤其还会彼此扶助，彼此鼓舞。

第五章

大漠流金

已无退路可走，唯有前途可赴。

致富有典范

　　沙漠改造是沙漠产业的基础，沙漠产业是沙区致富的基础。

　　产业颓，百姓衰；产业兴，百姓富。

　　在库布其普遍的富裕当中，不乏因土地流转而致一朝骤富的人，但更多人的富裕则仍是通过最基础的经年的劳动。这样的致富路径虽相对漫长，却显然也是中华儿女走向富裕的最经典的模式，且因往往伴随着劳动者心智的同步提升，而致其富裕后的日月最踏实，最牢靠，最禁得起生活的磨砺。也因此，这部分人的致富经历总是相对更让人难忘。

　　敖特更花是令人印象尤其深刻的一个。

敖特更花

2019年初见她的那一天，正值初春三月，她身着一条卡其色的工装裤，上着一件黑色修身衬衫，领口的扣子也妥妥地扣着，整个人看上去很利落。她是1977年生人，面相与年龄相符，颧骨略高，眼窝微凹，鲜明的蒙古族特征又使她别具风韵。

如前文所述，她最初是极力赞同修路却极力反对种树的，当在老支书的启发下发现自己的矛盾后及时醒悟了，然后"在别人既不反对种树，也不参与种树的时候"，她就出去种树了。当时是计件付酬，她每天种树能挣七八十元。而且在临近中午之时，趁别人休息之际，她还会给工人们做一顿午饭，这样一个月又多挣了1 000多元。

而在此之前，她在镇里的农村信用社工作，坐着办公室，活计也不多，环境比家里强得多。可叹挣得少，每个月只有300元。她又"爱穿戴，工资不够花"，就这么才辞职跑回来种树。她无疑是一个"恨穷"心切的人，也是一个要强的人。

就这样磨炼了几年，到2009年，敖特更花开始正式"带人"了，自此成了亿利232个民工联队队长之一，有了自己的一支队伍。当年她承包了2 000亩沙漠的种树项目，却还完全不懂"预算"，更不知"投标""标段"等究竟为何物，好歹把工程拿了过来，就按照最基础的林业常识、最朴素的勤勉之法去劳作，结果也算合了格，至少通过了验收。

致富典范敖特更花夫妇以及他们的皮卡

现在回头看，那年的活儿挣没挣钱或挣了多少都不够紧要，紧要的是经过那活儿之后，她就对此类工程"全都有谱了"，比如这片地属于什么土壤，适宜种什么品种的树，各种树如何搭配，以及如何选树苗，何时浇水、施肥，怎么防治病虫害，等等，她已都能应对。接下来的这些年，就是亿利发展到哪儿，她就跟到哪儿了，带着她的经验，也带着她的队伍。

她的队伍当中有 12 人是同村的，"都是两口子"，共 6 户，全是蒙古族。还有 24 人是甘肃的，汉族、藏族都有。这 36 个人是固定成员，余者都随时另雇，报酬计件或计天，雇人最多的一年达到了 200 多人。她在利润的分配上想来应该比较合理，至少能保证这 36 个固定成员"肯定认真地干呀"，以至于工程量大的时候，每个人每个月都能拿到三五万元，"收入比工资多得多"。

十几年来她到处种树，最远到了西藏和新疆。

在她的经验里，与当地人沟通挺吃力的，因为"语言不通，互相听不懂，得各种比画打手势"。最令人难熬的是，西藏很多东西都买不到，而她"吃东西又比较挑食"，尤其吃不惯当地的牦牛肉，"实在受不了那股膻气"。不得已，第二次再去西藏的时候，她就选择了自驾，自己开着一辆皮卡，拉了整整两大冰柜的食物过去，全程走了 4 天。她说"那个路怕人，冬天更可怕，下大雪"。

然而为了那些树，仅在 2017 年的一年时间里，她就往西藏跑了 10 趟，其中 7 趟乘飞机，3 趟是自驾。她说云杉在西藏的成活率很高，她在 2018 年种下的那些树成活率达到了 95%，"那头儿的土壤比咱这儿的更适合云杉"。

在新疆也同样不易，有时"夜里正睡着觉，帐篷就刮跑了"。而且完全雇不到当地人，不得不把那 24 个甘肃人紧急调了过去。

每当在外地完成一项工程，她就好像"脑袋里的东西全被洗掉了，后来再问啥都想不起来"。这么多年下来，哭的时候也是有的，但"当人面从来不哭"，充其量在人后"大哭一场"。不过在验收的时候，别人可能会看见她的哭。她种下的每一片树，都是种在每年春季，然后在当年秋季验收，成功验收之后才有回报可拿。验收之前，无论已攒下了多少自信，"心里也总是不托底的"。于是每当她与验收人员一齐走向那一区域，遥遥地望见沙漠里呈现了一片绿的时候，她就总会情不自禁地泪流满面，她说"那时候完全控制不住"。

敖特更花

　　敖特更花一度是她所在的道图嘎查的嘎查长，不过在追随亿利种树之后就卸了职。她说道图嘎查总共 574 户人家，"很操心"，而自己搞绿化，长年往外跑，"村里事就没空管了。村里事、家里事，比在外头种树还要累，心累"。

　　很显然，她也是家里的"当家人"，多年来她在外种树，丈夫在家里养牛，每年都养 100 多头。她家已养了十几年的牛，不养羊，她说"羊是啃着吃东西，牛是舔着吃东西，牛不祸害人"。羊则是祸害人的，尤其祸害树，每当春天树皮返青变嫩的时候，羊就特别爱啃，一啃树就死了。自从她种了树，她就特别心疼树，不肯再养羊了。

　　她的母亲与她同住，已 84 岁高龄，看上去很是康健。她的女儿正读高三，成绩很好。她的家是一排宽敞的砖房，各门上还贴着春联，清一色的蒙古文字，她说与汉族的差不多，都是春节的吉利话。她的皮卡停在院门外，她拍了拍，像拍一匹蒙古马，说跑西藏就是开的它。她说她会继续种树的，"停不下来，也没想过要停，很多人都指望着跟我种树赚钱呢"。

很多人也都像敖特更花一样，与亿利一同成长，在致富的同时，也增长了各自的专业技能，更提升了各自的社会责任感。敖特更花在实现富裕之后，尤其在"精准扶贫"开展以来，也自发地投身到扶贫事业当中，逢年遇节经常探望并帮助贫困户，还资助了塔然高勒村的一名学生。她说现在条件好了，能帮一把就帮一把，她也是被帮扶着成长起来的。

即使是那些民工联队的普通成员也在成长，使得一种显眼的变化在悄然发生。张吉树说，过去他们种树都宁愿以日工计酬，每天几十元钱，后来就不肯了，纵然每天200元也不肯呢，他们会跟你商量让你承包给他们，然后他们就没日没夜地干，力争保质保量地尽早完工，最后一核算，他们每天的收入就不止几百元了。

也就是说，这些人在变得越来越追求效率。这是一种令人喜悦的变化，它表明了人们的向富心愿之切，且肯于用更多、更诚实的汗水使其尽快达成。

财务数据显示，截至目前，亿利已累计支出劳务人工费用10亿元。其中大部分就是支付给232个民工联队的成员。实际上近年几乎每年都有近6 000人在跟随亿利奔波于全国各地，除西藏、新疆之外，还有甘肃、河北、贵州、云南、陕西等省区，而且每个人都所赚不菲，"一人打工，一户脱贫"之说即由此而来。

库布其沙漠还存在一种自己闷头发财的人。

此类致富者的特点是单打独斗，因小打小闹而不显山不露水，却也因细水长流而所获颇丰。与他人相较，这些人更富头脑，更会"察时观色"，"自我意识"也更鲜明，以至于瞄准了时机或找到了自己喜欢的事业，往往就一头扎将进去，竭尽全力去发展。

杨海宽就是此中典范。

杨海宽是杭锦旗独贵塔拉镇永先村村民，1973年生人，早年在鄂尔多斯市政府所在地东胜区打工，所赚不多。1998年见亿利已发展起来，他便及时掉头回到库布其，成为亿利的第一批种树人。因从小就生活在沙区，并常随父兄义务栽树，他对种树的事情有着一种近乎天然的熟悉感，以至于两三年后就能独立承包工程，组建了自己的一支民工联队，成员总共40多人，主要忙活在库布其，也去过阿拉善、通辽，最大的工程几百万元。种树的同时，他还经营着大棚蔬菜与花卉，一部分供亿利用，余者外卖。就这样一直干到了2019年。

2019年7月28日，他正式转行养殖业。

之所以如此，在于"库布其沙漠现在已经治理得差不多了，里头没有多少树可种了，工程逐年缩减，种树也就没有养殖利润大了"。家里的开销却还是那样，"孩子上学三四万，保险三四万，养车一万多，再加上人情往来等其他花销，差不多每年都得十多万"，所以作为家里顶梁柱的他必须逐利而行。

这样的转行也并非仓促而为，实际上杨海宽在2018年就已注册了自己的公司，并由亿利担保贷款100万元，以此与亿利控股的内蒙古青青草原牧业有限公司（以下简称"青青草原"）开始了合作，模式为"公司+农户（合作社）+金融机构+第三方担保"。青青草原的总部在呼和浩特，在鄂尔多斯市只于杭锦旗设了这一处养殖场区，共有37栋养殖大棚，杨海宽占了其中第五、第六两栋，每栋养羊200只，共计400只。场地、种羊、草料均由公司提供，养殖户只负责养育。如果饲养得当，400只羊每年可产羊羔1 000只，上交公司800多只，余下就是盈余了，每年可获利10万多元。

羊群

与杨海宽一样的诸多养殖户当中，也有养不好就中途撤了的，也有被公司清退了的，无论哪一种，根源都在于当事人的责任心不强，对羊照管得不够精心。杨海宽说，从事这行当能否赚到钱，全看羊产羔多少，而"羊是个长嘴的东西，你若喂得好，产羔率自然就高"。人常说有付出就有回报，纵然并非全盘如此，也是不做相应的付出就断然没有可观的回报。

杨海宽的创业计划也并未止于此。

养羊的同时，他在外头还试养了 70 多只鸵鸟。他分析说，如今库布其沙漠"已成旅游区了，到处都是景点，很有发展前景"，鸵鸟养殖基地也可以成为一个景点。而且"还可以卖蛋，一只雌鸵鸟一年能产蛋 100 多颗，一颗蛋约重 1.5 千克，市场价在 150 元左右；鸵鸟雏也有不错的销路，时下刚出壳的每只 600 元，稍大些的 800 多元。还有鸵鸟肉，也是能出利的"。如果试养成功，"时机成熟了，就争取政府的支持，自己办个养殖基地"，甚至自己也建一个"公司 + 基地 + 养殖户"的产业链，应该"也是很有市场的"。

杨海宽是汉族，祖籍陕西府谷，父亲那辈儿通过传说中的"走西口"移民到这边来。想来他父亲会对他深感满意的，毕竟他是个不乏头脑又有心劲儿的好男儿。

在库布其，随着沙漠治理工程的基本完竣，像杨海宽这样又及时转投其他产业的人不在少数。这种自己做老板的行为尽管大多尚处于尝试阶段，这份底气的显露却已很是说明了一个问题，那就是持续多年的种树治沙的实践，不仅使很多农牧民实现了最基础的资本累积，而且还锻炼了他们的胆识与气魄，使得他们既能观察并预测市场，且还能够主动出击了。无论种种尝试究竟结果如何，这些都构成了库布其沙漠的一个崭新气象，且生机无限。

文旅也生金

当沙漠治理到一定程度的时候，点沙成金就有了可能。

沙与金的转化之路众多，文化旅游是其中之一。

在进入 21 世纪之后，库布其沙漠的全域旅游就已被鄂尔多斯市提上议事日程，继而被杭锦旗、达拉特旗、准格尔旗极力推动，被诸多"眼头有水儿"的本土企业家竞相落实，以至于"全域旅游"的愿景很快成为现实。如今再进库布其，已随时可在敞阔的"穿沙公路"上望见某某景区的指示路牌，而那些名字几乎每一个都早已有所耳闻；在大漠腹地任意一家宾馆的停车场里也可遇见很多外省区的越野车，它们造型各异又气质非凡，有着一目了然的壮实，桀骜得像一个个"非主流"的酷男孩。

七星湖自然是库布其十几个景区中的"翘楚"了。

壮丽七星湖

这个名字来源于域内错落排布的 7 个"海子"，也就是湖泊，分别是大道图湖（包括东大道图，即遗鸥湖）、扎汉道图湖（天鹅湖）、爱情湖、月亮神湖、珍珠湖、神海子湖和太阳神湖。它们各个水质清澈，水草丰美，又湖湖相望，形如北斗，好似七颗璀璨的明珠镶嵌在苍茫的库布其沙漠当中，被高低错落的沙丘所环抱，为低

七星湖最美观星地——植物馆

七星湖最美观星地（一）

七星湖最美观星地（二）

鸣浅唱的飞鸟所依恋。如此景致再加上新月形的沙丘链、蜂窝状的大沙丘等原汁原味的沙漠风光，以及奇丽无比的沙漠日出、传说中的海市蜃楼等变幻莫测的大漠奇观，便使七星湖含蕴了格外的魅力。七星湖因那深邃浩渺的星空而被誉为"中国最美沙漠观星地"。

七星湖的旅游项目除常规的沙漠驼铃、沙漠冲浪、沙漠蹦蹦车等之外，还有低空飞行、热气球、皮划艇等相对时尚的项目，尤其还承接国内外大型赛事及高规格活动。景区除了有 7 座沙漠湖泊与大面积的青青草原外，更是驰名全球的"库布其国际沙漠论坛"的永久会址，这使七星湖的知名度已远远超出了一个 4A 级景区通常拥有的社会美誉度。

目前它已相继获评"全国首批低碳生态旅游示范景区""国家沙漠旅游实验基地""鄂尔多斯市国家沙漠地质公园""中国沙漠（七星湖）汽车越野训练基地""最佳生态旅游目的地""'一带一路'国内精品文旅特色线路"等多个荣誉称号，而且在原国家林业局于 2015 年批复建设的 33 个国家沙漠公园的项目当中，七星湖以"库布其国家沙漠公园"之名跻身其中。据介绍，它的发展朝向是打造一个集康养、休闲、娱乐、探险、生态、会务为一体的旅游休闲度假区，从目前的态势来看，这应该是一个可以实现的愿景。

七星湖是亿利进行沙漠治理的重要成果之一，也是亿利践行"绿水青山就是金山银山"之理论的可见硕果之一。随着这个景区的日益红火，周边的农牧民都瞄准时机纷纷出手，搭上这辆疾驰的"沙漠越野车"，相继踏上了脱贫致富之旅。他们按照各自所拥有的资质或资源，选择并开始了相应的经营，或餐饮，或旅馆，或民族手工业，或沙漠越野，将各自的生意做得日益红火。

紧邻七星湖的道图嘎查牧民新村的 36 户居民，更是"近水楼台先得月"，户均年收入已达 12 万元，人均超过 3 万元。而且他们所从事的并非只是寻常的餐饮、住宿与游玩，还包括了高雅的文艺演出，既有蒙古族传统的礼仪服务，更有非物质文化遗产古如歌的表演。"天下文旅是一家"的说法，对遥处国境之西北的库布其大漠而言同样是有效的。

达拉特旗的银肯塔拉也同样不凡。

"库布其国际沙漠论坛" 永久会址

李布和说，"银肯"是"祥和"之意，"塔拉"是"草原"之意，连在一起就是"祥和的草原"，也可说成"吉祥原野"。据说作为库布其沙漠的一部分，此处曾有一片天然的草原。

李布和是银肯塔拉的创建者。他 1971 年生于达拉特旗展旦召嘎查，蒙古族。在旗里读了初中，中考失利后回乡随父亲行医。父为中医，"接生什么的也都能做"，这在当年交通不便的库布其沙漠里极受欢迎，李布和与他的两个兄弟也都因此并未在成长过程中感受到贫困的熬煎。付出的辛苦却也是相应的，因路遥难行，"夜里两三点钟就得出去"的时候很多。为更好地配合父亲，他在 1990 年到伊克昭盟卫校（现鄂尔多斯卫生学校）学习了两年，回来后又跟随父亲干了三四年。

到 20 世纪 90 年代下半叶的时候，二十七八岁的李布和开始了自己的创业，在达拉特旗政府所在地的树林召，起初做点小买卖，继而承揽了道路、桥梁及保障性住房等建筑与绿化工程，"干了十来年，有点儿积累了，就又回来了"。

2005 年，李布和转租了农牧民的一片沙漠，总共 8 万亩，并在当年就将未来的发展定位于沙漠生态旅游，且再未更改。对这片沙漠的治理也于同年起步，治理方式也是最基础的种树、种草带修路，治理了五六万亩，流沙得到了控制，剩下的两三万亩就做了旅游资源。过程中"地方政府很重视，林业部门给了一些项目，不过多是平地项目，沙漠里的项目还需自己再添些钱"。

接下来的十几年里，除景区自营的常规性旅游项目以外，周边农牧民也依托景区相继搞起了牧家乐等经营，各家每年的"纯收入三四万元，精打细算者能达到 5 万元以上"。景区自身所提供的就业岗位也有 100 多个，从业者 50% 以上为当地农牧民。加上每年付给的土地流转费，每年可拉动二三百户农牧民增收或创收。

李布和说自从 2005 年进驻银肯塔拉，自己的脑袋好像也"沙化"了，每日里所思所想都在沙漠上。随着开发与宣传的逐年推进，景区在 2019 年的客流量达到了 20 多万人次，实现了历年最好的收益，"原以为自此就好弄了"，不料遭遇了 2020 年的"新冠疫情"。不过他因此坚定了发展林下经济的决心，"这片沙漠已经绿了，接下来的作为就是使它变成金山银山，必须使沙漠流出金子方妥"，故而须将林下经济搞出名堂来，这样景区的抗冲击力就强大了，也是对沙漠的深度治理。

尽管儿时的家庭条件算是相对较好的，李布和仍对沙患记忆犹新。他记得"奶奶种下的小麦，往往一夜之间就被风沙埋掉了，有一年奶奶补种了三四次，最后一次终于保住了，却也太迟了，天寒时才只长出半尺来高"。

十四五岁的时候，他还随着村民一起参加了敖包的修建，"在沙漠里头住了11天"。这一经历给了他极大的触动，且成了他在2009年再筑敖包，并以此作为银肯塔拉景区核心项目的根源，"有些记忆是抹不掉的"，有些经历所发挥的作用，也可能要在时过境迁的许多年后才会显现。

作为蒙古族传统文化遗产的敖包"是老祖宗的东西"，李布和自觉有责任将其发扬光大，况且敖包本身还是一项极好的旅游资源。他不想让自己的景区有太浓的商业味，并因此未在其中设置太多商业化的东西，反而在持续充实景区的文化内涵。他说不想走庸常甚至互相伤害的竞争之路，他相信差异化发展才是文旅事业在库布其全域开花并持续缤纷的最佳途径。

事实是，地处库布其的3个兄弟旗都已把旅游业作为发展现代服务业的突破口，并凭借着沙漠、黄河等得天独厚的自然资源，不断创新、丰富着"旅游+"的业态，力求打响库布其的旅游品牌，相信鄂尔多斯必将会成为内蒙古自治区的旅游中心城市。

内蒙古防沙治沙协会会长潘秀峰说，库布其沙漠紧靠黄河，且被黄河从东到西全面围住，这样的沙漠在全世界是绝无仅有的。想来以此优势，加之众多"眼头有水儿"的库布其企业家及农牧民的协同努力，库布其3个兄弟旗在文旅产业上的愿景也是有望实现的。

新村新气象

数十年来，在包括"绿色风暴"在内的沙漠治理，以及"美丽乡村"建设、"易地搬迁扶贫"等工程逐步推进的过程中，库布其沙漠还相继衍生了多个"新村"。原本散居于大漠深处的部分农牧民分别聚居于这些村落当中，在改变了传统生活方式的同时，也在一定程度上改变了各自的生产方式。当时光流转至 2020 年，他们的精神面貌已发生了天翻地覆的变化，每一个"新村"都呈现了一种崭新的气象。

先来说一下杭锦旗独贵塔拉镇的道图嘎查牧民新村。

创建于 2006 年的道图嘎查牧民新村，在业已过去的十四度春秋里，已被证明是一个成功的"易地搬迁扶贫"的优秀案例，尽管它在当年的建设根源于沙漠治理的需求，而尚未以"扶贫"为直接目的，却也在事实上达成了这样的效果，实为"一箭双雕"之举。

居于此处的 36 户人家，原本散居在浩瀚 60 万亩的沙漠里，家家都过惯了散漫的牧民生活，人人都习惯了鸡犬不相闻的邻里距离，那赫然到来的紧密聚居的生活方式也就令人心存犹疑，似有所怵，以至于迟迟地不肯搬迁。最终是高娃一家头一个搬了过去，成了道图嘎查的第一户居民。这样的历史事实迄今仍令她深感荣耀。

道图嘎查紧邻库布其沙漠公园，也就是七星湖景区，眼见着七星湖的名气越来越大，游客越来越多，高娃就在搬过去的第二年即 2007 年，以土地流转所得的 20 万元做本金，在自家后院搭建了一个蒙古包，以此开起了"牧家乐"。作为一个地道的蒙古族牧民，她自来就做得一手极佳的"手把肉"，她的"牧家乐"也以此为招牌，很快就博得了响亮的名声，如此口耳相传，春来秋往，当年年底她就净赚了 12 万元。

高娃和丈夫朝格图还都有一份近乎胎带的音乐天赋，并借此在亿利的扶持下组建了七星湖民间文艺队，曾当过民办教师的朝格图担任了队长，高娃也是必不可少的成员之一。这使夫妻两人在每年 5 月至 10 月的餐饮旺季之外，还能以文艺演出与婚庆礼仪等服务持续创收，这项收入每年也都在万元以上。

在此期间，陆续搬迁过来的其他住户也以高娃一家为榜样，纷纷依托七星湖的旅游资源做起了自己擅长的营生，"旅游+"的经营模式在道图嘎查迅速形成。如今，36 户居民家家都拥有了小汽车，且并未单纯地满足于代步，而是在添置之时还郑重考虑了品牌。

创业增收在道图嘎查成为事实。

这样的事实虽令人欣慰，却并不稀奇，因为库布其的每一个"新村"都是如此。

高娃的牧家乐

比如前文已经提到的风水梁。

达拉特旗的风水梁虽未以"新村"命名，却也是名副其实的新建的人群聚居地。这里的人们脱贫致富的路径以獭兔养殖为主，其中令人印象深刻的一位名叫薄丽华。

薄丽华原在呼和浩特市打工，通常与丈夫一起谋职于建筑工地，也曾在街里摆摊卖过蔬菜和水果，虽以兢兢业业换得了温饱无虞，却也与"富"字从未沾边。眼睁睁着一双儿女都已到了适婚的年龄，她便与丈夫商量着于2009年入住了风水梁，她深知自己和丈夫都不惜力不嫌脏，期待能够以这样的品性换取更多的收获。

她的家就安置在风水梁的獭兔养殖基地，住房四间，两边各一栋兔舍，共养了2 000多只獭兔。獭兔的眼睛机警溜圆，体态肥硕，只只漂亮，唯可惜粪便味道太浓，兔舍无论如何勤于打扫都是异味扑鼻。外人实在难以在里头待上一时半刻，便不由得对薄丽华心生同情。正在给獭兔喂食的薄丽华则笑笑说没啥，能挣钱就行，钱哪有白来的嘞！

薄丽华并无养兔的经验，技术都是"到这儿后现学的，公司有人培训，来了一个多月后就全会了"，而且养得很不赖，"昨天还刚刚卖了270只，也都是公司来收购，当时就给钱"。獭兔长到2.5千克以上就能卖了，大约需要饲养4个半月到5个月。一天需要喂食2遍，喂一遍2个小时。每天至少打扫一次。喂食和打扫只需她和丈夫两个人忙活就够用了，只有在"出粪"（清理粪便）时才需要雇上一个人，平均2天一次。

薄丽华说每年养獭兔的纯收入是10万元。

无论是否确切，此项收益应该也是令她满意的，因为她和丈夫已经持续了10年。2019年初春见到她时，她说儿子也已于"半个月前刚刚结了婚"，现在在包头从事汽车销售。女儿则已"有了娃"，就住在风水梁的二期移民楼里，并在饲料厂当化验员，女婿也就职于基地。

风水梁其他住户的收入与薄丽华相仿，显然脱贫致富在此也不算新鲜事。

准格尔旗大路镇的苗家滩社区，状况也是如此。

这处人群聚居地虽以"社区"相称，实际上也是"新村"性质，为准格尔旗先后构建的6处"易地搬迁"产业集中点之一。时任大路镇党委书记的闫飞，此前亦在此担任镇长，对这方水土分外熟悉，他说此处原为一处荒原，直到2016年才集中建设了住宅，项目既属"美丽乡村"建设，亦与"易地搬迁扶贫"挂钩，先后2期总共建了156套房屋，每套都独门独院，房周栽植经济林，并配置羊圈、猪圈、鸡舍各一。整个村域的水、电、讯、路等基础设施一次性配套到位，并建有文化活动中心、便民超市及124栋高标准温室大棚，每栋面积1.2亩。闫飞是1977年生人，颇为敦厚的样子，说起这些时他的脸上洋溢着温和的喜悦，宛如在盘点着家珍。

2018年6月，此处"新村"正式成立社区。

截至2020年7月，已入住110户居民，其中贫困户66户，分别来自薛家湾、龙口、大路3个镇；危房改造户44户，分别来自大路镇大沟村的苗家滩、大树湾、韩三窑、纳林沟4个社。因紧邻大路新区和薛家湾镇区，此地便借此区位优势为搬迁户制定了长远发展的思路，即以"企业＋村集体＋农户"的模式，大力发展绿色食品供应链，目前主要是经营葡萄园兼羊、鸡、猪的养殖。

其中的贫困户得到了力度更大的产业扶持。

在政府配予的 1 栋大棚、3 亩水浇地之外，本土的龙头企业还以低于市场价的价格，向每一户贫困户赊销了 10 只基础母羊、2 头猪仔。猪仔养到秋天，企业就会按照高于市场价的价格将其回收；羊也无须付款，只要在两年后再还给企业 10 只基础母羊就成。闫飞说"总之就是让你挣钱，通过劳动"，这样的扶持方法也是为了使贫困户看到自己劳动的成果，并由此爱上劳动。

大棚里都种着各种瓜果蔬菜，且不愁销售，准格尔旗委、旗政府已为其配置好了消费对象，以"消费扶贫"之名。若仍有实在经营不得法的贫困户，那么将大棚转由准格尔旗现代农牧业公司统一经营亦可，年底也会拿到相应的分红。

与此同时，苗家滩居住区东部河道里的现有水塘，也得到了及时的开发性利用，现已被打造成一条集垂钓、自助烧烤、农家乐饭庄、农家住宿、果蔬采摘等休闲娱乐项目于一体的度假风景线，以此丰富了搬迁户的创收、增收门路。这使搬迁户"搬得出，稳得住，有事做，能致富"之目标的实现更增了一成把握，也使"树挪死，人挪活"的俗语在此得到了实际印证。

苗家滩的社区主任路占伟体形偏瘦，瘦而精神，举手投足很是灵活，看上去就像时刻都有件急活儿正等他去干似的。事实也果真如此。在他看来，农民想过上好日子就得靠勤劳，否则不管别人怎么帮扶都难以奏效。然而每个人对勤劳的理解都不一样，干活儿的巧劲也都不同，所以必须紧盯着，有问题及时发现，有需要全程指导。既然上头要求"扶贫路上不落一户"，那么基层就必须力争做到，要不就辜负太多人了，人家都是热诚一片哪！

至于村民的平均收入，路占伟不曾说得仔细，只说"收入哪年都不一样，反正比城里强"。他透露眼下社区的几十个社员已合伙成立了合作社，由此整合了土地，并凑钱买机械，准备提升农业生产的机械化程度，期待以此取得更大的收益。

路占伟和闫飞一样，身上都洋溢着一股劲头儿，一股忙于致富且相信定能致富的劲头儿，整个苗家滩社区也呈现着一种特别蓬勃的精气神儿，也不知究竟是哪个感染了哪个。反正这样的感觉给人留下了极深刻的印象，以至于此刻回想起来还深为感动。

尽管如此，更别致的"新村"仍然要数道图嘎查。

这么说的根由，在于它是杭锦旗的"古如歌"传承培训基地之一，这使它在普遍的脱贫致富之外，还有了复兴传统文化的"历史任务"。如此鲜明的文化内核，使之与其他"新村"拉开了距离。

"古如歌"产生于蒙古汗国时期，是蒙古皇室贵族在宫廷举行隆重仪式时演唱的大型声乐组曲的仪式歌曲，是鄂尔多斯蒙古族长调民歌的一种。经鄂尔多斯市杭锦旗申报，"古如歌"于 2008 年 6 月以"蒙古族民歌"之名被列入第二批国家级非物质文化遗产名录，中国民间文艺家协会也于 2013 年授予杭锦旗"中国古如歌之乡"称号。

作为蒙古族古典音乐的"活化石"，"古如歌"通常在隆重而盛大的仪式上演唱，主题严肃，往往以对时政、故乡、父母、佛教及骏马的歌咏而进行正统的说教。其"风格高贵典雅、博大肃穆，旋律缓而不拖、慢而不沓，节奏若隐若现、若即若离，旋法大跳大落、跌宕起伏"，蕴苍凉、空灵、悲壮之美于一体。目前共搜集整理了 111 首，包括《圣主骏马》《绵羊白的房子》《河套之花》《歌唱家乡》《桑杰道尔吉》等代表曲目。

因道图嘎查的村民对这项古老的艺术颇为稔熟，故而在亿利的支持下，于2012 年 7 月成立了"古如歌"艺术团，几年来成员已逐步壮大到 38 人，且"四代同团"，上有古稀老人，下有几岁孩童。道图嘎查牧民新村也成为杭锦旗 4 个"古如歌"传承培训基地之一，很快发展为驰誉周边的"古如歌文化村"。

道图嘎查牧民新村的文艺演出

对蒙古族古老文明的"活标本"——"古如歌"的传承与弘扬，使道图嘎查牧民新村的牧民在勤劳致富的同时，还收获了"诗与远方"。除了平常在周边农村牧区进行公益演出之外，他们还穿上蒙古族的盛装，插上市场的翅膀，远赴蒙古国、保加利亚等地演出，由此踏上了世界的舞台。

如此种种草原文化盛宴的展布，使道图嘎查牧民新村俨然成为库布其沙漠的一颗珍珠，烁烁璀璨于七星湖之畔，在呈现了库布其牧民新村之新风新貌的同时，也使牧民自身增加了收入，陶冶了情操。道图嘎查的明天，由此更加令人期待。

感谢富裕

世人习惯于感谢贫穷、挫折与苦难——至少是这么劝导的，理由是它们会令人成长与坚强——至少是这么认为的。库布其人也是如此。此前经年，库布其人从来没有感谢过富裕，因为他们从没富裕过，从没体验过富裕带来的好处。

现在，库布其人开始感谢富裕。

富裕可以使人居有定所，眠有暖榻；富裕可以使人从容尽孝，如期爱子；富裕可以使人华服美食，以车代步；富裕可以使人眼中安详，心中安定……富裕也可以使人振作精神，甚至重获新生。对库布其人而言，致富不仅仅是谋钱的过程，还是一种自我肯定的重建。

说说何奶儿的事吧。

尽管此刻很情愿将其写成"好看"些的"何乃儿"，却是不能，这名字是有来历的：生于1964年的何奶儿，是家里的第四个男孩儿，而家里正穷，没法，遂狠下心来让人把他抱走了，可能是在刚刚满月的时候。过了一个多月，何奶儿的大哥最先后悔了，并最终追了回来。"奶水"也就成了那时候全家人最大的惆怅，于是这个失而复得的老四就叫了"奶儿"。

随后的"户口也是这么上的"。说到此处，何奶儿从里怀兜里摸出他的身份证，说："你看，身份证上也还是这个字哪。"

上学时可怎么叫呢？

上学时另起了个名，叫何建明，同学们都这么叫我。

何奶儿是杭锦旗杭锦淖尔亿利新村的村民。

亿利新村创建于 2016 年，由杭锦旗政府与亿利共同出资建设，共安置农户 197 户，现入住率已达 90%。这个新村只是杭锦淖尔的一部分，全村共辖 7 个自然社，共 898 户 2 050 人。党支部书记王二俊是村子的大管家，对村域状况十分熟悉，他说亿利新村的 197 户居民当中只有 11 户是建档立卡的贫困户，余者均是自愿入住的普通社员，7 个社的都有，何奶儿即是其一。而何奶儿并非杭锦淖尔最富的村民，但是发展最快，且颇具传奇色彩。

2003 年，何奶儿的妻子被查出患了脑癌，紧着赶去呼和浩特市入院治疗，又请了北京的专家，却是无效，只 4 个来月就去世了。仅有的 6 万多元积蓄不仅全部花光，还借了 1 万多元外债。而当时一个人工才 30 多块钱。何奶儿由此精神崩溃，万念俱灰，按他的原话说是"立马瘫痪了"。

同村的好友张来有当年已在亿利工作，是"经理层的"，听说了这事，就来探看，给了何奶儿 500 元钱，并劝他站起来，继续干，说亿利正在治沙种树，让他也种树去。2004 年春，瞅着自己的两个儿子，何奶儿到底支撑着"站起来了"，并去找了张来有。张来有拿出规划图，指着一个小圈圈说："我把这片地包给你，你去干！"

何奶儿自此开始给亿利种树，种了 3 年。

2006 年亿利开始建设道图嘎查牧民新村，何奶儿又承包了室内装修工程。接下来，他又为七星湖景区修路，景区里的主路都是他修的。何奶儿并无相关的专业知识，都是把工程拿下来后再找相应的专业人员来做，他所拥有的意志力与责任心，使这些工程均顺利地通过了验收。

就这么又干了两年多。

之后他"就跑到外省包工程去了"。事实是自他完成了张来有交付给他的第一份工程之后，他就已"彻底站起来了，重又有底气了"。为此，何奶儿真挚地感激亿利，感激沙漠治理工程，理由是亿利"把环境弄好了，没有亿利的投入不可能这么快"，尤其是"把村民带富了，原来家家种地都买不起化肥，亿利进来后就人人都去跟着种树，挣了钱买化肥，上了化肥的庄稼就长得更壮实"。说到底，他认为是亿利"把大家的生活给盘活了，特别是把村民的脑筋给盘活了"，包括他的生活与他的脑筋。

2016 年建设杭锦淖尔亿利新村的时候，何奶儿也承包了很多工程，修路、修羊圈等。他说这个新村亿利投入很大，因为杭锦淖尔是王文彪的老家，王文彪想回报乡里。

2018 年，何奶儿成立了自己的农机公司，主营农机具租赁。他有拖车、装载机、打捆机等当地需用的所有农机具，是同行里"最全、最多的"。同年，他还开起了一家"农家乐"。

2019 年，何奶儿再婚，并开始与青青草原公司合作养羊，就像前文提到的杨海宽一样。不过他比杨海宽养得要多，总计 2 000 只，共 7 栋养殖棚，是那里规模最大的养殖户。

如今，何奶儿的两个儿子都已成家，并生儿育女。何奶儿家已由他"瘫痪"之时的 3 口人，扩增到了 9 口人。

致富的经历对何奶儿来说，显然更具一种别样的意义。他赚来的不仅仅是金钱，更有久违的自信与活着的尊严，以及再度感受爱与美好的能力。为此，何奶儿感谢富裕，且仍然奋斗在致富的路上，所幸这条路也是不存在尽头的。

致富对道图嘎查牧民新村的斯仁巴布而言，也是一种非同寻常的经历，因为那不仅使他空前体验到了富裕的滋味，尤其结束了他异乡漂泊的生活。

斯仁巴布 1978 年生于库布其沙漠腹地的道图嘎查三社，为家里长子，下边有两个妹妹。家里特穷，住着小土房，没电也没路。家里有 2 400 亩的草场，养些牛羊，平时再挖些甘草，一年到头将将儿能维持温饱。1994 年父亲病逝，17 岁的他便担起了家里的全部重担，为增加收入，他就在春季赶去 80 千米开外的巴彦淖尔市租种土地，"那儿属于河套平原，地肥土壮，庄稼长得好"，种完了地再回家来放牧，夏天再赶去锄地，秋天再赶去收割。

这种候鸟式的打工生涯，他默默地延续了多年。

　　其间，他也曾到包头及呼和浩特当过保安、服务员，还结识了巴彦淖尔的姑娘姚丽媛。可叹当年库布其正穷名远扬，"人家巴彦淖尔市的姑娘都不往这儿嫁"，姚丽媛的父母自然不同意两个人的相处。2020 年夏，姚丽媛坐在她的"牧家乐"里，无声地笑笑说"他可不承认他们穷，反说我们那儿天天吃干崩羊肉，刀砍白面，都拿白面抹墙哪！他就这么吹"。不管怎样，两个人于 2000 年结了婚，居于巴彦淖尔市。他的两个妹妹则早在十八九岁就嫁了人。

　　2006 年，家里的牧场在杭锦旗政府的主导下流转给了亿利，道图嘎查牧民新村也在当年建了起来。听到消息的斯仁巴布赶紧回来看看，尽管在这亘古未有的巨变面前也是七上八下的心里没底，"怕迁出去生存不了"，但在大趋势下却也只好帮母亲搬了出去。那时还"不太清楚状况，道图嘎查也是东一户西一户的，刚搬过来四五家"。不过此后他就常常回来，并格外关注家乡的变化。

　　2009 年，在多番衡量之后，他携妻带女搬了回来，与母亲同住。

2010 年，他也在道图嘎查开起了一家"牧家乐"，起名"草原请你来"。高娃是第一个开起"牧家乐"的，他是第三家。他与姚丽媛都曾在饭店当过服务员，具备一定的餐饮经验。他的"牧家乐"偏重蒙餐，自己也都会做，不用雇厨子，所以利润不菲。

同年，斯仁巴布还斥资 20 多万元，从一个"干大了的老板那里"兑下了 2 辆越野车，借着七星湖的旅游态势搞起了沙漠冲浪，由此成为道图嘎查直接介入旅游的第一人。再后与 3 户牧民合伙注册了一个旅游公司，又添了几辆越野车，扩大了经营规模。至 2020 年，公司已拥有 16 辆沙漠越野车，他控股最多。

斯仁巴布的草原请你来饭庄

2018 年，斯仁巴布又与 28 个牧民合资注册了另一个旅游公司，添置了 3 台汽艇、1 台摩托艇，以及蒙古大炮、蒙古弓箭等游乐设施。这么做的根由，在于七星湖景区的"沙漠冲浪车已经饱和了，水上项目等则还有点儿单一"，所以他往这方面发展，以求利润最大化。斯仁巴布是这个公司最大的股东，加之众人信赖他的头脑，推举他担任了总经理。

斯仁巴布观展

　　说起这些年的收入，斯仁巴布说"效益还行"。随即又补充，以前在外打工的时候，家里也年年都养着五六十只羊，不过打工和养羊的收入加起来，每年也不过两三万元，跟现在没法比。更主要的是，这里毕竟是家，尽管在家在外都是奔波，心理感受却是完全不一样的。

　　斯仁巴布有两个女儿，都就读于亿利东方学校，每天早晚由小车接送，成绩皆佳。

　　斯仁巴布的大妹妹一家现也居于道图嘎查，也经营着一家"牧家乐"，效益亦佳。

　　斯仁巴布认为是生态环境的改善为农牧民发展第三产业提供了可能，没有治沙，就没法治穷，而治沙的过程，也是致富的过程。他也知道"绿水青山就是金山银山"这个理论，且觉得"真是这么回事"，就像"母壮儿肥"似的。斯仁巴布也同样感谢富裕，觉得致富的过程也是发掘个人潜力的过程，且会被实践给予及时又严格的检验，而事实已经证明自己还行。

　　敖特更花、何奶儿、斯仁巴布等人的经历，都有力印证了"沙患"就是"穷根"

的诊断，也证明了"治沙"就是"治贫"的对症药方，且疗效显著。大漠流金的库布其，就是库布其人在治沙与致富路上虔诚努力多年的硕果。

第六章

精准

2014

富无止境，贫有底线。

"绝对贫困"

最近 20 年的治沙行动，带动了最近 20 年的致富行动。治沙与致富的同步而进、同期而兴，就像一场场珍贵的春雨，在库布其沙漠年复一年地持续洒落，从而使全域的草木备受其益，能发芽的都已相继发芽，能茁壮的均已竟相茁壮。整个大漠，渐渐地蓊郁一片。

委顿的贫困，由此在库布其成为一种越来越醒目的存在。

这样的事实，为 2014 年到来的"精准扶贫"提供了先决条件。

——唯有贫者已成为少数，"精准"才能有的放矢。

据杭锦旗扶贫开发办公室主任王光荣介绍，中国早在 1986 年就已开始了全面又系统地扶贫，全国从上到下都正式成立了专门的扶贫机构，并确定了贫困县标准。扶贫途径总体是加大贫困地区的经济开发力度，通过产业的发展提升贫困人口的就业率，并通过各种培训提升贫困人口的创业、就业技能，许多年中也取得了一定成果。不过相对如今的精准扶贫而言，那些年的扶贫还是粗放的，就像"大水漫灌"似的，导致了贫困居民底数不清、情况不明、针对性不强、扶贫资金和项目指向不准等很多问题，且每一项都比较突出。

这样的描述不只适用于杭锦旗，实际上也是当年全国的普遍状况。

不过此刻若回头细察，或许会发现也没必要将此引以为奇，毕竟那些年的贫困人口实难"醒目"，对库布其的沙区民众来说尤其如此。因为那些年间的贫困还很普遍，普遍得甚至使富庶人家成了格外醒目的存在，要不，应该就不会出现"万元户"这个历史称呼，"万元户"也不会成为当年国人的普遍憧憬了。

那时候的"贫困"内涵也与今天的有所不同。如果说今天的贫困更倾向于"相对贫困"，那么那时候的贫困就多是"绝对贫困"。

　　或许得说当年的"绝对贫困"的含义也与今时今日的有所不同。那时候的"绝对贫困"只是个大略，大略是指温饱都还成问题的那种贫困，衡量的指标通常也只有一个，即"国家贫困标准"；如今对"绝对贫困"的界定与识别则更为周密，在"国家贫困标准"之外，还添加了著名的"两不愁三保障"。

早年的库布其房屋

　　如今的"绝对贫困"的标准显然远远超出了以往的。

　　这自然是国家的社会经济已大幅度提升的结果，却也以此道出了"贫困"与"富裕"的最大差别，那就是无论任何时候，往往都是"富无止境，贫有底线"；这个"底线"无论再添上多少附加项，吃、穿依然是必不可少的衡量元素。

　　那么在经历了这场漫长而又如火如荼的治沙与致富运动之后，库布其仍然存在还得为吃穿发愁的人口与家庭吗？

　　如果严格地说，这确实是没有的，有的只是吃穿的好歹之别、品质之差。如果说仍需为此犯愁，愁的也不是饱腹、暖身，而是愁吃啥、穿啥才能更合心意，才能缩减与他人的落差，因为那种落差实在可以悬殊得让人很失颜面。若非如此，也无须将"绝对贫困"的界定标准在"国家贫困标准"的基础之上一再扩展了。

　　无论如何，"两不愁，三保障，一达标"已成为"精准识贫"的标尺。

　　"精准识贫"解答的是"谁是贫困人口"的问题。

自 2013 年 10 月习近平总书记首次提到"精准扶贫"的概念，继而在 2015 年提出"六个精准"的要求，"精准识贫"就成了各级地方政府均需面对的问题，并在工作中逐步建立了这一标准以及有效的程序，以期成功识别，达成"扶贫对象精准"的要求。

这一标准中的"一达标"堪称最重要的一项，是指家庭年人均纯收入达到"国家贫困标准"。"国家贫困标准"有一个更为通俗的叫法是"贫困线"。考虑到物价等综合因素的影响，这个标准呈现为一个动态的数字，其中 2016 年为 2 855 元，2018 年为 2 952 元，2020 年约为 4 000 元。也就是说，在相应的年度，凡家庭年人均纯收入低于这一标准的家庭，基本都会被识别为贫困户，且是国家级贫困户。

为了扩大扶持范围，从而使更多人能在"精准扶贫"中切实受益，对已经达标的家庭也会进行进一步的识别——如果对方申报的话。过程中会参照其住房、就业、劳动力、医疗负担、子女教育、老人赡养等多种实际情况，尤其需先行通过所在嘎查的评定与审核，最终确定其是否符合"贫困户"标准，以求"精准"的名副其实。

对此，一直工作在基层的杭锦淖尔村党支部书记王二俊说得颇为斩钉截铁：

现在是很公正的。每个社都有两三个村民代表，加起来咱这个村子就有 30 多个村民代表，评定贫困户时大家都要参与，一起计算，能把一户人家的收入一笔一笔都算出来，基本不带差的。有的人想当贫困户，养着六七十只羊还说自个儿穷，谎说羊是闺女的，但一查并不是，他就评不上贫困户，群众的眼睛亮着呢。在"精准扶贫"推行以前确实不都是这么算的，那时候往往是你自个儿说穷就穷，现在不行了，现在得扶持真穷的那些人。

自 2014 年以来，杭锦旗总共识别出贫困户 3 674 户 9 077 人，达拉特旗总共识别出 2 452 户 5 947 人，准格尔旗总共识别出 1 843 户 4 733 人。这些人均系"精准"识别而出，统称"建档立卡贫困户"。这些贫困户也有级别之分，比如杭锦旗的贫困户当中，处于国家级贫困线以下的有 1 219 户 3 058 人，处于市级贫困线以下的有 2 455 户 6 019 人，"国家级贫困户"与"市级贫困户"即由此而生。无论哪一种，均属"绝对贫困"的范畴。

被成功识别为"贫困户"的人，显然都是那场治沙与致富运动中的掉队者。他们既然在库布其发生如此天翻地覆的变化进程中，都没能像大多数人一样地谋得好日月，那么足以说明他们自身可利用的资质与资源相当有限。这意味着倘若没有外力的有效介入，他们实在难以自行"翻身"。

那么，究竟怎么样才能使他们彻底"翻身"呢？

吴直花给打了个样儿。

吴直花是杭锦旗独贵塔拉镇杭锦淖尔的村民，1998年因婚姻失败而独自带着儿子过日子。2008年，黄河发生凌汛，母子俩的房子被河水冲毁，自此四处求租，她也因此戴上了一顶"贫困户"的帽子，且是国家级的那种。

小时候家也贫，她就没念过几天书，也"不识几个字"，谋生的途径主要是打工，打工的活计基本是只需出力的，素与"文化"不沾边。通过苦劳，她与儿子的衣食不至于无保，却也始终与"充裕"保持着遥远的距离，尤其是那种没有"家"的不安定感让人难以消受。无数个暗夜里，每每想到"未来"这个词，她都会不由得深感恐慌。

就在这样的情境中，她跋涉到了2016年。

那一年杭锦淖尔亿利新村开始建设，而她也拿到了杭锦旗政府、亿利分别捐助的扶贫资金各5万元，并且确定了那一栋栋拔地而起的新房中，将有一套属于她，恒久地属于她。

当年10月，吴直花如期搬进了新居。净居住面积40平方米，青砖到顶，精装修，拿钥匙即可入住，配凉房，带小院。吴直花的"住房安全"自此解决。如果说"安居乐业"是脱贫的一种诗意概括，那么"安居"已经无虞，此后所求唯剩"乐业"。

其实吴直花当时并未考虑到这一点，或者说并未心存那样的"奢望"。她的"乐业"是杭锦旗政府和亿利帮她想着的，就像她的"安居"一样。就在她仍在为"安居"的赫然到来激动不已，以至于一遍遍地擦着窗玻璃，一天天地拾掇着小院子，谋划着明年开春是在这小院里种点儿小葱、辣椒，还是香菜、茄子的时候，杭锦旗政府又给她配套了一栋羊圈，亿利也给她送来了10只基础母羊。她有了营生了！

自此，她像对待宝贝似的对待那些羊。

转年，10 只羊就下了 9 只羊羔。她不舍得卖羊羔，只想继续养着，直到养成羊群，而她的羊也果真在朝着这个方向发展。

这样的事实给了吴直花极大的欢娱，尤其是自信。她就在这样一种心境的激励下，又投身到了亿利的"沙地甜蜜事业"当中。她开始种甘草了，种了 30 亩，就在亿利建设的阿木古龙甘草基地里。起初她并不会这技术，亿利的技术员全程指导了她。收益是二八分成，她占八成，所有的种植户都占大头儿。

在照料自己的甘草的时候，她还管护着亿利的甘草，每天工资 200 元，一年大约能干 4 个月。她拿到第一个月工资的时候就买了一辆电动自行车，这样从家到阿木古龙就只需 1 个小时了，加之中午不回家，节省了大量时间。那时候吴直花的时间已经很值钱了。

像吴直花这样的"绝对贫困"户，在库布其还有很多，他们是"精准扶贫"首要的帮扶对象，也是帮扶成果立竿见影的一个群体，因为他们几乎每一个都具有勤劳的品性，还拥有上进的心性。此前的他们之所以贫着，且贫得厉害，更多当归因于可利用资源的严重匮乏，也就是缺乏致富门路、发展资金，故而当扶贫工程的专项资金及各种社会资源向他们倾斜之际，他们就人人都能迅速崛起，且应该再也不会倒下。帮扶这样的"绝对贫困"户，显然也是令人特别愉悦的。

——因为你看得见花儿开。

年近花甲的吴直花，时下已不期然地收获了一个"花姐"的称谓。人人都这么喊她，她也每每都会笑得跟花儿似的。"未来"在她的眼里，也已变成了花儿样的。

"相对贫困"

在社会经济已发展至此的今天的中国，即便是对以"穷"著称于史的库布其而言，占比更多的"贫困户"也属于那种相对的贫困。"相对"二字的前缀，使这里的"贫困"成了对比之后的结果，基本是通过与他人的横向对比，这也是民间的惯常做法，比如"那户人家挺穷的"之语，都是这种模糊比对的结果。

这些"挺穷的"人家不一定都有"两不愁三保障"的忧虑，能确定的是他们家家的生活品质都不太高，也难以拔高。其原因则颇为复杂，通常是主客观因素两掺。而凡事一旦掺入了主观因素，解决起来就颇为棘手了。

前文提到过的一位令人尊敬的长者（这里就不说他的姓名了，并非他本人介意，而是免得下面案例中的人对号入座，平添心伤——这人若当真心伤还不见得不是件好事）曾言，现如今我们的国家已将扶贫做到了这个程度，为扶贫做出了这么巨大的投入，在全国范围内掀起了这么强烈的脱贫致富之风，这是世界上其他国家很难办到的。然而却仍有一些人没能生出相应的进取之心，而且他不是没有机会，也不是没有体力，甚至也不是不够聪明，而是他没有正常的生活理念，或者缺乏基本的志气，这就挺令人难过了。

老人的所言，缘于他帮扶一个青年的切身经历——

这个孩子住在牧区，家里很穷，我就把他弄到了街里来，帮他找了一份工作，也帮他找了一间房子，屋里各种家具、炊具都齐全。我还准备了大米、白面、挂面、鸡蛋和一些放得住的蔬菜像白菜、土豆啥的，大冷天地骑着自行车给他送去，一趟趟搬到楼上。寻思他初来乍到的，就都给他弄妥当了，盼着他快些过起好的生活，把家里的日子也提拔提拔。

可是，半年后我就气馁了。尽管家里啥都有，他却常在外边吃，吃饭馆，挑贵的吃。纵然在家吃，也不吃日常米面，而是吃方便面，还是干嚼的，嚼完了喝凉水，为了省事，他不肯开火，煮都懒得煮。吃不好，也不好好睡，生活不规律，他感冒的概率就大，买药的钱比生活费还多。这样的人，你说咋帮咋扶？东西给了，他不利用；钱给了，他瞎花了，理一次头发就100多元，从来不理15元的，还一个月理2次。

扶贫工程里，顶难办的就是这种人，不会打理生活，不会过日子。即使挣同样的钱，他也过不出别人那种正常的日月来。贫困户里头，家家的境况都不一样，个人的情况更是千差万别。有些人连喂牲口都喂不好，他不给你按时按点地喂，弄的草料也不合宜。所以说，我们的国家拿出这么大的决心和意志来扶贫，真心不容易啊……

不管如何不愿，此刻也仍要引用王光荣的一句话——

人嘛，总有明白的，也总有糊涂的。

虽然不曾也不可能一一对号诊断，却也仍可推断出，那些不曾在大规模沙漠治理的进程中摆脱贫困的家庭，定然都受到了各种主客观因素的实际制约，因为大规模沙漠治理的进程中曾涌现了大量的增收机会。其中的种树，或许当数门槛最低的一个创收途径了，为什么还是有人没有紧紧抓住并好好利用呢？拿辛苦换点儿现钱，松快松快紧巴巴的日子不好吗？

有些制约个人发展的因素总是不请自来，且不能随人所愿地尽速离去。

对有些人而言，挣再多的钱还不如减少劳动更具吸引力，无论勤劳致富的前景被勾勒得多么美好，都不如抓牢眼下的舒坦安逸来得实际。他们对生活近乎天生般的没有更高要求，或者说，他们早已习惯了他们觉得正常的需要，并为此感到满足。纵然仍存零星不满，也会出于惯性地不去起身行动，更难以投入战斗。于是他家的日子，就成了别人的心头所系。

遇到这样的贫困户，怎么办呢？

——党员出头！

据亿利扶贫开发办公室主任郝亮舍介绍，那些身体没啥毛病却肢体不勤的人为数很少，却也并非没有，打工谁都不用他。在这种情况下，旗政府、镇政府就要出面了，通常会与各企业商谈，为其争取就业机会。企业再回头想各种办法。比如亿利的党委接下这个任务后，就会找 232 个民工联队里的党组织。亿利的民工联队也是有党组织的，像陈宁布、高毛虎、聂海等联队队长，都是民工联队党组织的负责人。亿利党委就跟他们商量，让他们雇用这些人，同时也会在他们承包的工程上给些优惠，以资激励。这些人被"安插进去了，也得好好干，要不队长不让他"。

民工联队

这种做法既是"产业扶贫"，也是"兜底扶贫"的一种，就是把就业机会主动塞给他，并由党员督促他劳动，以期养成勤劳致富的好习惯。对此，陈宁布说："要不咋闹？总得帮他把日子过起来呀。国家政策就是这样的，脱贫路上一个都不能丢！"

还有一些人，对自己的日子比较马虎，或者说对贫困不太敏感，对外界的气候也不大理会，以至于早已蓬勃兴起的致富之风并不曾让他行动起来，甚至还沾染了一些赌博、酗酒等不良嗜好，导致生活质量越来越差，最终沦为贫困户。对这类群体，"基建扶贫"的应用取得了更为显著的效果。

在"基建扶贫"方面，库布其的3个兄弟旗均有效结合了农村牧区"十个全覆盖"工程（即"美丽乡村"建设），在贫困地区优先实施工程，相继实现了水、电、路、讯等基础设施，以及文化、教育、购物、社保等公共服务的全覆盖，补齐了贫困地区的发展短板。其中杭锦旗就相继改造了农村牧区危旧房 17 510 户，完成嘎查村街巷硬化 91.8 千米，解决 4 850 人的安全饮水问题，改造升级农网 425 千米，建成广播电视数字基站 6 个，改造升级户户通 17 150 户，真正地解决了农牧民住房难、出行难、用电难等问题，已于目前实现了全旗 76 个嘎查村的基础设施全覆盖，为此累计投资 18.64 亿元。

这种付出虽然巨大，却也对脱贫攻坚战役产生了等量的促进作用，就像库布其沙漠的整体治理对库布其 3 个兄弟旗的全面脱贫所发挥的作用一样。准格尔旗布尔陶亥苏木枳机壕村的村民刘占荣，对此有着深刻的认同，他也是一位十分健谈的老汉——

眼下杭锦旗是库布其最穷的旗，早年我们这个地方则比杭锦旗还要穷上三分呢。大致在 20 世纪六七十年代吧，我们这个地方也都是明沙，都是从杭锦旗刮过来的，那沙丘越堆越厚，最后比房子都高，我们小孩子就爬上去玩，手足并用地爬到沙丘顶上，再把两腿一抱，像个酸粥坛子一样地滚下来。那时候我们都吃酸粥，都用粗陶坛子装着。酸粥就是用糜米发酵的一种粥，挺稠的，现在都改用玻璃瓶子装了。沙子多，人就穷，穷得要死，有的人家穷到拿沙子给娃娃当尿布，穷得一家人只有一床被子、一套棉衣裤。

好日子都是从治沙开始的，沙子治得越好，日子就过得越好。等后来有了"十个全覆盖"（内蒙古自治区最初对"美丽乡村"建设的称呼），村村都修了路、联了网、通了自来水啥的，这日子就更好过了。过去过年了或来客了才能吃上的饭菜，现在咱天天吃。而且沙子没有了，原来盖房子用的沙子都不用买，现在就连炒炒米用的沙子都难淘弄了，不过我们自己家也基本上不炒炒米了，都买现成的，咱日子好过了呀！过去我们做饭用沙柳、用玉米轴，现在我们用电，电饭锅、电炒锅啥的都有。我们村还新建了一个养牛场呢，属于村集体经济，有 100 多头牛，马上就要投入了，饲料都备妥了……

与"基建扶贫"几乎同步而行的"美丽乡村"建设，既是一项民生工程，也是一项经济工作，更是一项政治任务。建设过程中对各嘎查村进行了亘古空前的环境改善，且无微不至，不仅对全域范围内的危房进行了统一改造，使"住房安全""住房保障"得到了全面落实，甚至还对各家各户的庭院也提出了整洁的要求。这种诉求貌似与脱贫无关，实际上却将一种文明的乡风徐徐吹送到了每一户农牧民的家门口，使之无法再视而不见或置之不理。

环境对居于其中的人是会产生深刻影响的，潜移默化也立竿见影，纵然不见得会立马提升一个人自我发展的能力，至少也会催生他自我发展的主动性，乃至积极性。而一旦"要我脱贫"的意识普遍转化为"我要脱贫"，那么库布其整体脱贫的伟业也就加快了进程。

"滴灌"式扶贫

在库布其沙漠的治理过程中，"滴灌"是一种经常用到的灌溉方法。

简略地说，"滴灌"是通过管道系统与安装在管道上的注水器，将作物所需要的水一滴一滴均匀地注入其根部的土壤中。这种灌溉方法的最大妙处在于节水，水的利用率可高达 95% 以上，从而使库布其沙漠极其有限的水资源最大限度地发挥了作用。

"精准扶贫"在库布其，就宛如一种"滴灌"式的经济扶助。

此刻可以想象这样一幅画面——

一架满载沙蒿、杨柴等种子的飞机，在库布其沙漠腹地缓缓地盘旋了几圈，并将诸多沙生植物的种子细密地播撒了下去。紧接着一场春雨落下，又经和煦的暖阳连续地普照了几日，再望向那片远沙大沙，眼里就见了绿莹莹的一片。

然而这只是远观，及待趋近细瞧，则会发现那连绵的绿色中仍有裸露的黄沙，一块块的，使那成片的绿色显得斑驳；再靠近一些，还会发现在成片的绿色当中，还有枝叶不大繁茂的存在，一簇簇的；等走到了近前，又会发现有些草籽尽管也发了芽，甚至钻出了地表，却由于种种原因，比如被一颗大沙粒压着了，没能一株株地如期茁壮起来。

飞播场景

滴灌设施

这样的画面就像极了"滴灌"式的扶贫。

其中"一块块的"的黄沙裸露就像区域性的经济不振，"一簇簇的"不够繁茂就像一个个嘎查村的不够景气，"一株株"的没能茁壮就像一户户家庭的不够兴旺。对于这3种现象的事实存在，惯用"滴灌"之灌溉方法的库布其人，也仍以"滴灌"的策略展开了扶持，以至于有的放矢，对症下药，卓有成效。

对于"一块块的"区域性经济不振，库布其人采取了因地制宜的"滴灌"之法，以"产业扶贫"为核心之策，按照各个区域不同的资源禀赋，构建了相应的产业化脱贫体系。

以"经济不振"最为突出的杭锦旗为例——

在自然条件较好的沿黄地区，以肉羊养殖产业为发展重点，启动肉羊种子工程，推动良种繁殖，发展饲草料加工、农畜产品仓储保鲜、物流配送、屠宰加工等产业链。

在部分荒漠化的草原地区，配套建设养畜设施，开发防灾减灾饲草料地，扶持绒山羊、肉牛养殖家庭牧场。

在退耕还林地区，则巩固退耕还林成果、强化生态建设，落实退耕还林补贴政策，同步发展林下经济，扶持生猪、肉鸡养殖，并将贫困人口吸纳为护林员，增加其收入。

在丘陵沟壑地区，实施水浇地、防护林、动力电等基础建设配套工程，依托羚羊养殖专业合作社和"塔拉沟"羊肉品牌，重点发展肉羊养殖业。

对于"一簇簇的"嘎查村的不够景气，则是以切实发展村集体经济为首要举措。在库布其人看来，在"精准扶贫"进入攻坚期之后，村集体经济却似乎进入了普遍"空壳"的困局，症状是许多嘎查村的集体经济往往都已沦为徒有其表。而对库布其来说，脱贫攻坚的主战场显然就在农村牧区，难点、焦点也在农村牧区，唯有推动嘎查村集体经济的健康发展才是打赢这场扶贫战役的关键所在。

鉴于此，撕掉华丽虚无的标签，发掘并发展切实的嘎查村集体经济，就成了3个兄弟旗共同面对的迫切问题，因为这是实现农牧民增收的有效途径，也是推进农村牧区各项事业的核心引擎。所幸3个兄弟旗都在及时有效的思考之后，纷纷做出了相应的改变与改进，比如准格尔旗就已将村集体经济收入不足5万元的嘎查村集体经济项目，全部列入了扶贫产业项目库，同时为其重新考量并修订村集体经济发展方案。种种措施使得库布其所有嘎查村的集体经济也都像库布其的沙漠治理那样，基本实现了由"输血"向"造血"的转变。

仍以"不够景气"最为普遍的杭锦旗为例详细说说——

杭锦旗委、旗政府对发展嘎查村集体经济的工作极为重视，为此先后印发了一系列指导性文件，健全了工作机构，完善了推动机制。继而强调督查考核机制，以进一步传导压力，相继由全旗 29 名县级领导结对联系 76 个嘎查村，择优选聘 24 名嘎查村名誉书记，选派 76 支驻村工作队，19 个市直单位、106 个旗直部门共 388 名优秀干部蹲点驻村推动集体经济，选派 82 家企业结对包联 76 个嘎查村，帮助其理思路、落项目、扶产业，由此形成了嘎查村集体经济发展的联动格局。

同时加大惠农项目的倾斜力度，使项目的带动作用日渐凸显。资金的投入力度也同步加大，积极落实财政专项的扶持资金，以及内蒙古自治区党委、鄂尔多斯市委、杭锦旗委与旗直帮扶部门的相关扶持资金，加强对壮大村级集体经济的财力支持。

尤其严格遵循了"滴灌"的属性，使全旗各个嘎查村都紧扣自身的区位特点、产业基础、资源优势、经营传统等实际情况，在部门、企业的联动帮扶下，孕育并形成了切合实际的特色产业，达到了集体经济的"一村一方案"，有效杜绝了跟风随潮流的现象，从而为接下来的健康发展构筑了坚实的基石。

截至目前，全旗已形成了一批响当当的地域特产，涉及多个嘎查村。比如锡尼镇的"阿门其草原爵鸡"、新井渠村的"甘草猪"、陶赖高勒村的"绿色果蔬"，呼和木独镇东红柳村的"福茂喜"牌面粉，吉日嘎朗图镇的"吉尔利阁肉牛"，塔然高勒管委会的"巴音布拉格嘎查奶山羊""乌定补拉格村黑蘑菇"，以及"塔拉沟羊肉"等。随着这些特产的品牌效应的形成与持续扩散，市场的行情也越发看好，有力推动了各嘎查村集体经济的良性发展。

其中盛产黑蘑菇的乌定补拉格村，地处丘陵沟壑区，常年干旱少雨，生态环境脆弱，人均草场和耕地面积较小，仅凭传统种养殖业很难提升村民增收致富的速度。然而这个村却拥有电厂余热、煤矿矿井水等优势资源，于是在旗委、旗政府发出的"结合实际"的号召下，并结合了村民的发展意愿，村里于 2018 年建设了"有机黑蘑菇生产基地"，并在一期工程的试种期间就取得了成功，从而一改过去只能靠天吃饭的状态。

综合而言，"宜养则养、宜种则种"是杭锦旗发展嘎查村集体经济的原则，并在此基础上形成肉羊肉牛、生猪家禽、优质牧草、果蔬食用菌、水产水禽、旅游观光等差异化产业形态。形态的差异化或说多样化不仅意味着与实际相结合的紧密性得到了提高，也进一步提升了各个嘎查村抵御市场风险的能力。

同时，以电商服务实现集体经济增收的路径也得以建立，重点打造了巴拉贡镇昌汉白村农副产品电商销售平台、塔然高勒管委会塔然高勒村特色养殖电商销售平台、伊和乌素苏木锡尼其日格嘎查"阿努奶茶"销售平台等，线上与线下相结合的产业营销模式，使杭锦旗各个嘎查村的特色产品走出了库布其，面向了越来越广的大众。

青青草原牧业养殖基地

为推动嘎查村集体经济的稳步增收，杭锦旗还想到了很多办法。比如通过创办农机劳务服务队或公司等方式，满足各嘎查村在农业种植、环境卫生整治、乡村道路养护等方面的服务需求，并从中获益；比如通过承包、参股等多种经营形式的开发，对嘎查村集体所有的林地、草场等资源进行规范整理和基础建设，并以此创收；比如鼓励各嘎查村加强与农牧业龙头企业的合作，以土地、房产等资产入股，形成"支部＋龙头企业＋合作社＋农牧户"的产业化经营模式，从中分红或进行有偿服务。在这样的导向指引下，就连各嘎查村闲置的办公用房、仓库等不动产，也得到了陆续的盘活，通过租赁实现了集体收入的提升。

如此种种都体现了"滴灌"的核心性质，即以有限的资源实现效益的最大化。

无论如何，赚钱光荣，增收荣誉。

对于"一株株"苗木的"没能茁壮"，也就是个别农牧民家庭的"不够兴旺"，"滴灌"的程序相对简捷明了，即找准致贫因素，再相应施策。尽管因素不尽相同，却多属客观，不外乎重大疾病、意外事故、子女求学、家庭负担等几个范畴，一旦对症，药到病除。

库布其的 3 个旗对此的应对之策也大体相仿，基本是为每一户贫困户都制定一份完整的档案，涵盖其家庭成员、住房、产业发展、生活条件、贫困原因分析、帮扶措施和帮扶部门、帮扶干部等全面信息，建立国家现行标准线下贫困人口台账和全市现行农村牧区低保线下人口台账，确定帮扶项目、帮扶措施、帮扶责任以及完成的时间和节点，落实各项任务。以贫困人口基本台账为基础数据，建立精准扶贫信息管理平台，形成户有档案、嘎查村镇有台账、旗有平台的"四位一体"的贫困户管理机制，使帮扶措施到村到户、责任落实到岗到人。

实际上这也是颇易令帮扶者产生成就感的一种扶贫。

因为被扶助者的成长与茁壮看得见，且看得真切。

边七虎是此类扶贫的一个经典案例。

他是杭锦旗独贵塔拉镇的牧民，家有妻子和一儿一女。这个听起来令人羡慕的儿女双全的家庭，却只有他一个是健全的人，妻儿都哑，原本健康的女儿也在七八岁时出现了间歇性失聪的症状。医生说没法根治，只能通过植入人工耳蜗的方式来保持听力。这样的事实无疑令边七虎深受打击。几经辗转反侧的纠结，他到底于

2014 年让女儿接受了手术治疗，为此欠下了近 10 万元的外债。

幸运之处在于，"精准扶贫"也在同年于全旗范围内展开，他家自然被识别为贫困户，一系列的扶贫政策也都落实到了他的身上："住房保障"使他建起了新房，"教育保障"使他的女儿得以上学，"医疗保障"使他家的医疗开销得到了一定比例的报销……边七虎由此看到了生活的希望，却也知那离"兴旺"还远着呢，毕竟他家仅有 30 多亩耕地和 30 多只绵羊。

幸运的是，边七虎是个有志气的人，做不来"靠着墙根晒太阳，等着别人送小康"的事，而且他对羊的悉心饲养也被驻村工作队员看在了眼里，所以当他在 2016 年申请养殖的扶贫项目时立即获批，如愿将 10 只基础母畜和 1 只优质种公羊领回了自己家中。

有志气的边七虎自然"恨穷"，他将摆脱贫穷的希望都寄托在了羊的身上，并为此竭尽全力。羊第一次产羔正值冬天，他就在羊圈旁搭了个小棚子，里面还架起了火炉，自己昼夜守在那里，以便把小羊羔及时接进暖棚。接下来的每个产羔期，他都这么干。同时，他根据自己的实践经验，把大羊圈分隔成了 5 个小羊圈，对绵羊、山羊以及育肥羊进行了分群饲养。为使母羊得到充分的休息，他还在白天将母羔分离，晚上再让它们"团圆"，这使母羊的奶水更充分，羊羔也长得更健壮。

如此短短几年下来，边七虎的羊群数量就翻了几番，近 10 万元的外债也得以偿清。他趁热打铁，转而又承包了 80 亩耕地，并陆续购入播种机等大小机械 6 台，在总共 110 多亩地里进行葵花和玉米的机械化种植。其中葵花籽出售，葵花秸秆及玉米、玉米秸秆全部加工成饲料喂羊，这种"为养而种，种养结合"的经营方式，使养殖利润得到了大幅度提升。

如今的边七虎一家，每年的工资性收入为 9 000 元，种植、养殖纯收入为 10 多万元，还有政府补贴的 4 800 多元，人均纯收入达到了 28 000 多元。边七虎一家"翻身"了，尽管这多亏他自个儿的"苦干＋巧干"，他却仍然感谢家人，笑说"我这老婆和小子虽不能说话，但都勤快得很"，同时更是感谢村党支部、镇党委和旗委，他将三者笼统地称为"政府"，哽咽说"没有政府的扶持，就没有我们家的今天"。其实"政府"也感谢他，因为他让大家看到了"精准扶贫"的成果，让所有人都亲见了"滴灌"之下的生机、茁壮与兴旺。

"第一书记"来了

在库布其脱贫攻坚的主战场上，还活跃着一支生龙活虎的生力军，名字叫作"第一书记"。这支队伍的每一个成员都是组织上审慎遴选的优秀党员干部，各个政治意识坚定，业务能力出众，既有先进的发展理念，又有特定的优势资源，他们也因此被相继安排到了库布其沙漠的所有嘎查村，使每个嘎查村都拥有了一个与自己"结对儿"的"第一书记"。

各个嘎查村的经济状况也都自此与一个名叫"第一书记"的党员干部息息相关了，且会得到他的鼎力相助；每一个嘎查村的每一户居民，尤其是"贫困"居民，也自此感受到了一双眼睛的深切关注与殷殷期待，尤其得到了他的竭诚相助。

库布其的整体脱贫，离不开"第一书记"的全力以赴——"当然是全力，谁都得动脑筋哪，要不然人家帮扶的都起来了，你（帮扶）的咋闹"；整体脱贫后的库布其农牧民，也尤为感念奋斗在脱贫攻坚第一线的"第一书记"的热诚付出。

综合多位"第一书记"的所述，会发现他们的工作内容主要有三大项——

首要的一项就是嘎查村集体经济的振作，贫困农牧民的脱贫。

"第一书记"为此殚精竭虑，各显神通。

他们会利用自己对政策的深透了解，对流程的分外熟悉，为嘎查村集体与农牧民争取相应的资金和项目支持，在壮大集体经济的同时，也有效激发其持续发展的内生动力。

比如于 2017 年 2 月派驻到杭锦旗呼和木独镇查汗淖尔嘎查的"第一书记"乔诚岗，就在了解了嘎查的整体情况之后，与嘎查"两委"先后多次到杭锦旗相关单位协调项目、争取资金，并成功引进了鄂尔多斯市绿化生态林场，在嘎查果树园里种植了杏树、苹果树、海棠树、梨树等共 63 亩；利用棚圈建设资金扩大了猪场的养殖规模，继而多方联系销售渠道，一年中就出栏 15 头猪、180 多只鸡，总收入 41 000 多元，如期实现了村集体经济的"倍增计划"；同时争取到杭锦旗民委的支持，购买了50头牛，又通过与查汗淖尔嘎查骆驼专业养殖合作社的合作，建成了300平方米的骆驼养殖活动基地。

比如于2014年9月派驻到杭锦旗吉日嘎朗图镇光茂村的丁冬，初为村长助理，继为驻村蹲点工作人员，后为"第一书记"。他说作为典型的农业村，光茂村的经济以传统种植业为主，初来时村集体经济收入几乎为零。为突破这一窘局，他深入研读自治区、市、旗的各项扶贫政策及相关文件，以求用足、用好优惠政策，并以此为基础，与村"两委"制定了《光茂村集体经济建设规划》《贫困户脱贫致富计划》《村级党建工作规划》等相关规划，为村集体经济的发育与发展指出明确的方向。继而将着眼点放在了原有的鱼塘养殖上，成立了金瑞隆种养殖有限公司，水中养鱼，水面养鹅，水边养鸡，形成了一条"一水三收"的小型生物链，年度盈利10万元左右。其中60%用于村集体经济的壮大，40%给村民分红，以此使村集体经济的发展与扶贫惠民得到了双重实现。同时，丁冬还借助帮扶单位的自身条件，为全村7 000多亩土地配套了滴灌设施，投放了基础母畜100余只，建设了15座养殖棚圈，实现了"种养结合，以种促养"的良好模式。

亿利东方学校孩子的绘画作品

这样的工作并未局限于嘎查村的集体经济，受益者还有众多农牧民。乔诚岗得知牧民郭燕文已申请了家庭农牧场的扶持项目，但因不了解具体流程而未办理成功时，就主动帮助郭燕文办妥了各项手续，使他顺利建起了 900 平方米的羊圈和 200 平方米的库房，由此具备了发展家庭养殖业的良好条件。丁冬也帮助"贫困户"改造了 300 多亩盐碱地。丁冬说他是农民的儿子，不忍心见农民受穷，改善贫困农民的生活已成为他的使命。想来这也是所有"第一书记"的共同心声。

第二项则是嘎查村基础设施的建设，以期提升农牧民的生活环境。这一项虽说列居第二，却与第一项的经济发展难分伯仲。实际上两者往往不分彼此地久久萦绕在"第一书记"的脑海心间，使他们一刻都不能放下。

于 2012 年 3 月派驻到准格尔旗布尔陶亥苏木孔兑沟村的"第一书记"王埃，驻村 9 年来，以服务百姓为初心，以打赢脱贫攻坚战为目标，"用心扶贫，用行济困"，为孔兑沟村各个方面的发展都做出了积极贡献，其中最先落实的就是基础设施的建设。

作为准格尔旗卫健委的派出干部，他为此首先得到了本单位的支持，继而争取到了旗直有关部门与旗委、旗政府的大力支持，相继为孔兑沟村修建水泥路 23 千米、通社砂石路 26 千米，打机电井 30 眼，集中供水 2 处；以争取农网改造项目，对高压、四线及到户线路全部进行了改造，从根本上解决了全村吃水难、出行难、用电难的老大难问题；争取资金 43.5 万元，将村级阵地进行了改扩建，使其建筑面积由 210 平方米增加到了 630 平方米，这为抓好基层党建"五好三提升"及规范化建设奠定了坚实基础。

2016 年，他争取资金 41 万元，新建了 130 平方米的标准化卫生室，并配套了相关医疗设备；又面向社会招聘了村医，解决了群众看病难的问题。2017 年，他向帮扶单位争取了 24 万元，新建了 1 000 多平方米的文化健身活动广场，并硬化了村阵地及卫生室的庭院。在 2018—2019 年，他结合乡村振兴战略，争取到帮扶单位和企业投入资金 38 万元，对村域环境进行了整治和绿化；同时获得帮扶企业内蒙古伊东集团宏测煤炭有限责任公司捐赠的 1 000 多米高压电缆线，价值 17 万元，以此解决了村集体经济项目的电力配套设施。

历经几年的努力，如今的孔兑沟村已是旧貌换新颜，在提升村民的获得感与幸福感的同时，也激发了村民对更好生活的向往，进而使勤劳致富的民风更加浓厚。

亿利甘草种植基地

王埃不曾停止脚步，于 2020 年又争取到了帮扶单位及帮扶企业帮扶资金 14 万元，产业扶持资金 99.618 万元，以此重点打造了中药材科普示范基地，期待以此实现村民的稳步增收。目前基地里已规范化种植了壳薏米、红花、急性子、大黄、决明子、蒲公英、桔梗、防风、牡丹、知母、射干、秦艽等多种道地药材，另有 150 亩的板蓝根基地，且已与安徽亳州市药材总公司签订了种植技术与产销保底价回购的合作协议，确保了技术支持，搭建了供销渠道。

如果不说话，王埃看上去就是一个地道的农民，中等身材，黑而壮实。说了话，才会让人确定他就是"第一书记"，因为他所说的每句话、做的每件事，都与村集体经济及村民收入息息相关。其实他并没有多好的口才，更非滔滔不绝或口若悬河，令人难忘的只有他的真诚与踏实。

几年来，直接或间接受益于王埃而实现富裕的村民有很多，白二兰是其中之一。

白二兰是孔兑沟村建档立卡的贫困户，年近花甲。老伴儿患有风湿性关节炎，他自个儿也因腰椎结核与椎管狭窄先后于 2013 年、2015 年做了两次手术，由此跟老伴儿一样丧失了从事重体力劳动的能力。由于医疗费支出较大，家里还有一位瘫痪在床的老母亲，一家人的日子就过得十分紧巴，且越来越紧巴。

王埃第一次去家访时，术后的白二兰尚处于康复期，家里的状况让人心酸。拉家常中，王埃获知了白二兰对脱贫的想法："其实我很想养几头猪，再养点儿鸡，这不算重活儿，我干得了……"王埃听了更受触动，后来说"像老白这样急于脱贫，又有自己明确想法的贫困户，我还是第一次碰上"。

回头王埃就想方设法争取资金，很快帮白二兰把破旧的棚圈进行了改扩建。随后从养猪场赊来了 5 头猪仔和 30 羽鸡苗。白二兰心满意足，乐得不行，身上的病痛似乎也一瞬间全都消散了。自此他就分外精心地侍候他的猪和鸡。短短 4 个月后，就出栏了 2 头猪。当年底，又出栏了 2 头猪。加上鸡羊等畜产品的销售，他家的年收入达到了 23 000 多元。

猪都是王埃帮他卖的。每每接过那钱，白二兰的眼里都会汪下两眼泪，像喜极而泣，也像感极而泣。2016 年，白二兰主动申请退出"贫困户"的名录。虽然"脱贫"，却没"脱钩"，每年年底，王埃仍会帮白二兰谋划好次年开春的经营事项。王埃说："我丢不下他。"

"第一书记"的第三项重头工作，就是文化建设，包括党建。

文化建设是乡村文明的基础，乡村文明是社会主义新农村的灵魂，各嘎查村的"第一书记"因此都格外重视文化的建设。于 2015 年 9 月派驻到独贵塔拉镇乌兰淖尔村的"第一书记"岳飞翔，即与村"两委"在村活动室打造了"乡贤馆"，并结合"美丽乡村"的后续管理，逐月、逐季度地开展文明家庭、美丽庭院、乡风文明建设的评比活动，再对脱颖而出的"文明户"大力宣传，渐使一种饱满的正能量像阳光一样洒遍了全村，良好的民风民俗由此生成，也使"安居乐业"一词得到了真实的诠释。

每一个嘎查村集体经济的深入发展，尤其是脱贫攻坚的持续推进，无疑都需以党建引领为坚强后盾，党建工作的好坏直接关系到干部的精神状态及其先锋模范作用的发挥。乔诚岗在这方面有着创新的表现。他所驻的查汗淖尔嘎查共有党员56名，其中绝大多数是蒙古族，对汉语的理解水平极为有限。鉴于此，乔诚岗及时编制了蒙古语的学习材料，并登门送到他们的手上。这种"私人订制"的文化餐以及"送学上门"的形式，深受蒙古族党员的欢迎，使他们对党的政策精神理解得更为透彻，进而更好地发挥了党员的带头作用。

群众需要的"第一书记"是思党所思、想民所想，且勇于担当、敢于挑战的"第一书记"。在库布其，这样的"第一书记"随处可见，且大多是地道的大漠之子。

在这片大漠之上，还有与"第一书记"一样奋斗在脱贫攻坚第一线的另一个群体——"驻村工作队"。这一群体的所有成员均与"第一书记"怀揣同样的初心与使命，并切实发挥了同样的作用。他们在服务群众的过程中体现自身的价值，并以实绩与实效向党和群众提交了一份份令人满意又振奋的答卷。"农牧民的生活因我的努力而得到了改善"，是每一个"驻村工作队"队员最核心的成就感来源，令他们深深地以此为荣，就像"第一书记"一样。

第七章

决战
2016

栖于社会的羽翼之下，是无奈，也是幸运。

百行扶百户

如果说此前的生活无论贫困还是富庶，一个人都只能责备或感谢自己，那么如今则不是这样了，如今是你的贫困会得到大家的帮扶，你的富庶也很可能会惠及他人。

在这场紧锣密鼓的"精准扶贫"战役中，所有人都有意或无意地参与其中，所有部门也都以凝聚起来的空前力量冲入战场，屡出重拳，且目标明确。"百行扶百业"的扶贫济困之举措，由此在库布其沙漠形成了一种持续而又持久的回响，宛如一曲古老而又苍劲的歌谣，唱出了"精准扶贫"的最强音。

库布其最贫的杭锦旗，总共有 21 个市直部门、112 个旗直部门、12 家银行。每一个部门，每一家单位，都"配对"了各自的帮扶项目或帮扶对象。在所有 3 456 名职工干部的共同努力下，全旗的脱贫攻坚战工作提升到了一个新的制高点。

杭锦旗税务局——

锡尼镇巴音布拉格嘎查、独贵塔拉镇永兴村的总计 33 户"贫困户"，是杭锦旗税务局的帮扶对象，现已全部脱贫，其中稳定脱贫 21 户，正常脱贫 12 户。

巴音布拉格嘎查的朝鲁蒙，年近六旬，是 2016 年建档立卡的贫困户，致贫原因是资金不足。杭锦旗税务局对症用药，及时为他争取到了各项产业扶贫政策，帮他先后领取种羊、杜泊羊 14 只，累计享受生态补贴、玉米种植补贴、养老保险补贴、医疗保险补贴等各项财政补贴近 4 万元。朝鲁蒙因此扩大了玉米种植面积，并开启了养殖增收之路。他的妻子也被杭锦旗税务局安排到了一处旅游区工作，使家里多出了一份相对稳定的工资性收入。

同样在 2016 年建档立卡的高翠梅，是永兴村的贫困户，致贫因素是因病、因学，其丈夫早逝，有两个学龄孩子，她自己还患有输尿管结石等疾病，劳动能力有限。

杭锦旗税务局摸清情况后，帮她申请参与了"雨露计划"，使两个孩子享受到了学杂费减免及教育补贴的待遇。同时，税务局积极联系社保部门，帮她申办医疗保险、脱贫保险、医疗救助等，使她的医疗负担缩减了90%。此外，税务局还为她改造了旧房，并每年为她提供煤炭补贴与日常生活补贴，税务局人员甚至还亲自上门帮她打扫卫生。

收获的喜悦

杭锦旗煤炭局——

独贵塔拉镇乌兰木独村是杭锦旗煤炭局的帮扶对象。"配对"成功后，煤炭局在实地调查、征求村民意见的前提下，与村"两委"及镇政府协商讨论，继而制定了一系列惠民措施，实施了多件惠民实事：

累计为村民落实了690万元的惠民贷款，每户5万元，解决了村民资金困难的问题；帮扶建设鱼塘50亩、养殖大棚200平方米、饲料储藏室及饲养员宿舍200平方米，解决鱼苗4 000千克、鱼饲料10 000千克、鹅苗300只，解决了村集体经济薄弱的问题；在村域修建了 15.7 千米的砂石路，解决了村民出行困难问题；为一社进行了农网改造，并打机电井 19 眼，结束了该社无动力电的历史，实现了 3 500 亩土地的井扬双灌；为二社修建一个节制闸，受益群众 60 多户；为 9 户居民每户院中打一眼深水井，解决了用水问题；发动全体党员为村里的贫困家庭、学生及残疾人捐款累计 18 000 余元……

种种举措既及时解决了乌兰木独村及其村民的实际问题、难题，亦有效提高了村域经济的自我发展能力，为当地经济从"输血"型向"造血"型的转变奠定了坚实基础。

杭锦旗水务和水土保持局——

吉日嘎朗图镇光茂村、巴拉贡镇兴建村的总计 45 户贫困户，是杭锦旗水务和水土保持局的主要帮扶对象，其中国家级贫困户 8 户、市级贫困户 37 户，目前早已在水利扶贫的独有优势中全部脱贫。帮扶过程也颇具水利扶贫特色，且使受益人群远超帮扶群体。

2016 年即在"十个全覆盖"农村牧区饮水安全工程中，将贫困地区的饮水安全问题全部解决，其中包含国家级贫困户 432 户 1 053 人、市级贫困户 621 户 1 863 人。同时将应急抗旱水源工程安排到了巴音恩格尔嘎查、乌吉尔嘎查，共打井 8 眼，配套蓄水池 8 座，新建水窖 240 座，由此解决了两个嘎查的国家级贫困户 174 户、市级贫困户 119 户的饮水安全问题，且使每人每年节省了拉水费用 150~500 元。

同样在 2016 年，在梁外牧区实施了抗旱水源工程扶贫建设项目和牧区节水项目，完成机电井、涵管组合井 89 眼，大口井清淤 101 眼，完成旱地改水地 1.8 万亩，实施了高效节水滴灌 9 715 亩，涉及国家级贫困户 402 户 970 人、市级贫困户 282 户 682 人；在沿黄地区依托水权转换工程，大面积推广节水灌溉工程，完成节水灌溉面积 44.39 万亩，其中畦田改造 25.64 万亩，滴灌工程 10.98 万亩，喷灌工程 6.25 万亩，改造井渠结合灌区 1.52 万亩，完成投资 3.7 亿元，涉及国家级贫困户 331 户 892 人、市级贫困户 1 249 户 3 195 人。

库布其沙漠亿利资源牧民新村

还是在 2016 年，将京津风沙源二期工程全部安排到属于贫困地区的塔然高勒管委会塔然高勒村、乌点补拉村、白音庆格利嘎查、呼和木独镇巴音温都尔嘎查，建成水源工程 70 处（全部为大口井），节水灌溉工程 46 处，共涉及贫困户 20 户，其中国家级贫困户 8 户、市级贫困户 12 户。将十大孔兑沙棘减沙项目安排在塔然高勒管委会，完成种植面积 3.7 万亩，涉及国家级贫困户 4 户 12 人、市级贫困户 2 户 6 人。

同时在杭锦旗建设水利工程的施工企业开展了"企业奉献爱心，助力精准扶贫"的捐赠活动，共筹集爱心资金 90 万元，以此帮助光茂村建设了 80 亩的鱼塘，使其发展村集体经济，并为国家级贫困户修缮了房屋，使其实现了住房安全；采取帮扶职工筹资、帮扶户出工的方式，完成盐碱地改造 145 亩，使每亩可增产约 15%，增收 200 多元；7 名帮扶领导还捐资 4.5 万元，用于贫困户产业发展及生活条件的改善……

杭锦旗气象局——

锡尼镇胜利村的 7 户建档立卡的贫困户，是杭锦旗气象局的帮扶对象。这个村位于干旱硬梁区，自然资源匮乏，加之缺乏人才、技术、资金等，村域经济始终不振。这 7 户贫困户的致贫因素虽不尽相同，却都与村域经济的整体不振关系密切。鉴于此，杭锦旗气象局成立了扶贫工作领导小组，并选派了一名干部蹲点胜利村，以期实现全面的提升。

接下来，气象局为胜利村打了 1 眼机井；为 7 户贫困户分别争取到了 5 万至 10 万元的无息贷款，支持他们发展产业，并为其引入了新型大棚种植设施，继而让他们参加了杭锦旗举办的现代农牧业技术培训及公益性岗位培训；联系民政局、医疗保障局等单位，为因病致贫的贫困户雷钢子争取到了二次医疗报销和商业保险报销，同时与民政局各给予他 2 000 元生活补贴。

尤为引人注目的是，通过驻村干部的反馈与局领导的实地走访，气象局还总结出一个颇为实际的现象：扶贫也要扶精神、扶文明，而一个人生活习惯的好坏往往就体现了他的精神文明状况。于是在扶贫进程中，改变贫困村民的生活习惯也被气象局纳入了工作范畴。为此，气象局定期组织全体干部职工与贫困户一起开展院落清理、房周除草等活动，鼓励广大干部职工自己出资给贫困户购置储物柜、桌凳等家具，并将单位闲置的茶几、柜子、床、床垫等家具也赠送给贫困户，甚至帮他们安置妥当。气象局以提升贫困户的居住环境为途径，帮助他们再现往昔的精气神，重拾对生活的热爱，重建脱贫致富的信念。

如今，气象局帮扶的 7 户贫困户均已脱贫摘帽，除了 2 户因大病与残疾仍在享受政策外，余下 5 户均已走上了自我发展的坚实路子。胜利村也发生了令人欣慰的变化：狭窄的主路已经拓宽，并改建成柏油路，临街住户门前全部硬化，家家通上了自来水，有的人家甚至添置了小轿车。获得感、幸福感、安全感，在这个村子得到了全面的落实。

杭锦旗气象局的行动却并未就此停止，而是结合行业优势，又向全旗所有贫困户开通了"直通车"式的气象服务。这项服务改变了气象信息传统的转达方式，实现了气象服务的入户到家，使所有贫困户都能在第一时间接收到各类气象预报、预警信息，并据此及时地防灾避险。各家各户的产业效益由此得到了保障，有效规避了因气象灾害返贫或致贫现象的发生。

类似的帮扶，发生在库布其 3 个兄弟旗的所有行业与其各自的"对子"之间。他们以"行业扶贫"之名，演绎了一场声势浩大的扶贫济困之舞。舞台上的每一个人，无论是帮扶者还是被帮扶者，都在幕布缓缓拉开之后经历了一次波及心灵的洗礼，虽始料未及，却感人至深。诸行业与农牧民的关系由此升温，城里人与农村牧区人的相互了解由此加深。这样的群际关系对库布其而言，算得上是破天荒，因为这种共同与贫困做斗争的联结是第一次，且如此紧密而又结实。或许在接下来的时光中，两者的彼此关照，至少是关注，仍会得以温柔地延续。

百企帮百村

在库布其的"治沙"进程中，如果说政府俨然是一个统帅，那么企业就是其先锋，或者说是猛将；在库布其的"治穷"进程中，政府与企业依然担当了这样的角色。

其实对库布其沙漠而言，企业扶贫始终存在，早在治沙伊始就已存在，只不过当年还没有"精准扶贫"的概念，使得扶贫范畴里的很多行为都不曾被及时提炼，即使这些行为已使很大一个农牧民群体都实现了脱贫甚至致富，也往往只被视作劳务合作的结果。这样的状态被亿利党委书记王文彪称为"朦胧扶贫"阶段，且一直持续到 2014 年。

不过他同时表示，尽管未曾正式被冠以"扶贫"之名，扶贫却自 2011 年起就已成为企业有意识的行为了，一个鲜明的标志是亿利在那一年成立了沙漠经济区党委，并明确提出了"一爱四惠八增"。其中，"一爱"指通过学习教育增强爱党热情，"四惠"指党员带头惠文化、惠技能、惠教育、惠创业，"八增"指实现党员群众的收入所得、幸福指数、身心健康、能力智慧、活力能量、环境意识、和谐融洽、党性修养的同步增加。

这并非口号，而是一项被亿利党委抓紧推进落实的实践活动，并被紧密融合到了企业党员的日常工作当中，使亿利员工及周边农牧民都曾于过程中实际受益。借助于亿利东方学校大礼堂而成立的农牧民培训学校，就始自 2011 年，对脱贫致富之心空前高涨的广大农牧民形成"及时雨"的效应，使之从中习得了技术，提升了技能，丰富了增收路径，更使那些"尤其善学的，好研究的"人，以更快的速度实现了致富；在以"一爱四惠八增"为主题所开展的系列活动之"党建惠民生"实践中，亿利党委还推出了为农牧民免费体检的举措，惠及杭锦旗独贵塔拉镇 12 个村的 600 多名 70 岁以上的农牧民；还有一年一度的沙区农牧民运动会，使分散于大漠的民众蜂聚到一起，演绎出一场声势浩大的文体盛宴……

牧民新村全景图

亿利的所有相关行动都基于这样的初心：响应党和国家的号召，履行一个企业所应承担的社会责任。出于这一初心，在于 2014 年开展的"精准扶贫"行动中，亿利就像在"治沙"行动中一样，仍是一员骁勇的"猛将"，冲锋在前，战绩辉煌。

在杭锦旗扶贫办主任王光荣看来，企业做起扶贫来往往还会更方便一些，因为企业在资金投入上没有上限，政府则是有标准的。

无论如何，库布其的"治穷"就像"治沙"一样，都是凝聚合力的结果。合力中颇具力度的一记重拳，就来自企业的出击。

在达拉特旗，目前已累计动员 252 家企业、商（协）会，按照"一企帮一村、一企帮多村、多企帮一村"等结对形式，与全旗 132 个嘎查村结成帮扶对子，逐渐形成了"产业联体、村企联动、利益联结"的"三联一体"帮扶格局，通过"集体经济建设、产业帮扶、消费帮扶、教育帮扶、就业帮扶、公益慈善"等帮扶方式，最大限度地激发贫困户的内生动力，并取得了丰硕的成果。

在企业的帮扶下，仅 2019 年，达拉特旗各嘎查村就吸引各类投资 4 888.71 万元，实施村集体经济项目 96 个，使各嘎查村集体经济不断壮大，24 个嘎查村集体经济达到 10 万元以上，其余的均突破 5 万元，直接受益人数 165 349 人，其中受益贫困户 1 120 户 2 652 人。组建蔬菜、玉米、肉羊等农牧业产业化联合体 26 个，培育新型农机、土地、蔬菜、劳务等合作组织 81 个，涉及合作社、种植、养殖大户 146 个，流转土地 15.86 万亩，覆盖农牧户 2 万余户，带动贫困户 800 余户，户均增收 1 500 元以上，实现建档立卡贫困户与企业、合作社利益联结 100%，有力推动了全旗脱贫攻坚工作。

在准格尔旗，目前全旗 167 家企业也与 162 个嘎查村、社区（159 个嘎查村、3 个社区）结成了帮扶对子，累计落实帮扶资金 5 068.372 9 万元，确定集体经济项目 158 个（种植类 37 个、养殖类 26 个、购置固定资产 31 个、物业服务类 12 个、入股企业帮扶 19 个、休闲农家乐 9 个、公益就业 24 个），达成了"村村有产业"的目标，实现收益 1 010.195 9 万元，联结贫困户 824 户 1 964 人，从而使"户户能增收"的目标也基本实现。在这项行动中，有 21 家企业贡献突出，总共出资 3 345.1 万元，占到了总出资额的 66%，由此在 2019 年底受到了准格尔旗委、旗政府的郑重表彰。

准格尔旗的下一步目标，是以"着力解决村集体经济空壳问题，重点发展与企业相关联的产业，全面加强贫困人口就业，将包联村建设成企业的绿色农畜产品基地"为思路，实现从"帮村脱贫"向"促村振兴"的有效衔接。在布局上，准格尔旗将从单一扶贫转向与乡村振兴战略相结合，通过制定完善的政策制度、配套专项资金、强化基层组织的战斗堡垒作用等方式，引导企业与嘎查村社区、合作组织、农民建立起长效的利益联结机制。

在杭锦旗，"百企帮百村"的行动则还要更生动些，就像在"治沙"行动中一样。这样的事实根源于杭锦旗在库布其三旗当中沙患最重，百姓也最穷，其求变、求富的历程自然要较其他两旗更为艰辛，而艰辛往往就是酝酿精彩的最佳原材料。

杭锦旗虽穷，打那儿出来的企业家却相对较多，多到"在内蒙古挂得上号"。这事儿就像"寒门出孝子"一样有趣。本土企业家相对较多，使杭锦旗在任何一场战役中都不缺少冲锋陷阵的"猛将"。在杭锦旗目前所拥有的 82 个规模以上企业中，有 2 个上市公司，即亿利、伊泰，两者自然而然地成了本土企业的"老大哥"，且素受敬重，因为在任何一次"统帅"主导的行动中，两者都会率先出征，并竞相"打样儿"。

就像在"治沙"战役中一样，亿利仍被公认为"治穷"的代表。这不足为奇，毕竟"治沙"就是"治穷"。从一定程度上说，生态建设的历程，就是脱贫致富的历程。

略加回顾，便会发现亿利的扶贫路径主要有 9 种。

第一种自然要数著名的"民工联队"，这可以归属于"劳务扶贫"。民工联队形成于亿利大刀阔斧地治沙初期，并陆续发展到 232 个之多。每一支队伍都有专业能力，有考核体系，并有党小组，他们是亿利进行沙漠生态治理的一支铁军，在种树、种草、种药材的劳务中完美实现了脱贫，乃至致富。在库布其生态建设基本完成的今天，他们依然追随着亿利的发展而奔走在全国各个亟须生态修复的地区，并使"一人打工，一户脱贫"成为事实。

第二种是"就业扶贫"。早在 2004—2011 年，亿利就先后在库布其沙漠边缘建成了 2 个大型工业园，即达拉特旗循环经济产业园、杭锦旗库布其工业园生态示范区。亿利以此直接解决了 5 152 人的就业，以及 315 户贫困家庭子女的就业，并辐射带动了杭锦旗、达拉特旗及周边地区 5 万多人的就业、创业。

第三种是"生态补偿扶贫"。为实现库布其沙漠的生态修复，亿利在政府主导下，累计从农牧民及国营治沙站流转或承包土地百余万亩，以支付流转费、承包费或入股分红等多种方式，使部分农牧民及治沙站职工实现致富或增收。

第四种是"种植产业扶贫"，其中以甘草种植为首要利器。在业已过去的 30 多年当中，亿利相继在库布其沙漠北缘、黄河南岸以及沙漠腹地的巴音乌素、伊克乌素、赛乌素、吉日嘎朗图、呼和木都、巴拉亥等地，通过"公司＋农户""企业

+基地"的方式，以"种苗供应到户、技术服务到户、产品回收到户"的"三到户"为主要模式，累计进行了132万亩的甘草半野生化种植，先后带动5 500多人脱贫致富。

第五种是"养殖产业扶贫"。在2015年以前，亿利就已扶持517户农牧民进行了标准化养殖和规模化种植，人均收入达到2万元。2016年，亿利又投入700多万元，向杭锦旗所有的国家级贫困户共1 219户，每户捐赠了10只杜泊羊基础母畜，支持其进行集约化养殖，从而尽快脱贫摘帽。2018年，亿利又向杭锦旗148户贫困户每户捐赠了1万元，作为其购买10只基础母畜的资金。2020年，亿利又向独贵塔拉镇的20户贫困户每户捐赠了10只湖羊基础母畜。作为库布其最主要的牧畜，羊被亿利广泛地应用于直接到户的扶贫当中，大多取得了如期效果，时下有很多贫困户已将其发展为100多只的羊群了。这是一种根本性的扶贫，并使脱贫成了根本性的脱贫，不仅牢靠，而且长远。

领到亿利扶贫羊的贫困户笑逐颜开

第六种是"光伏产业扶贫"。2011 年以来，亿利投资建成了 710MW 生态光伏工程，建设工程中通过租用沙地、工程承包、劳务外包等方式，带动了 5 000 多人的创收、增收。2017 年，亿利又全面实施了"光伏组件清洗＋板下种植养护"的"精准扶贫"工程，使 57 户贫困户平均每户承包 4MW 的组件清洗和板下种植工作。其中组件清洗的酬劳是每兆瓦 1 500~2 000 元，每年清洗 4 次，仅此一项就使贫困户平均每户

贫困户承包光伏维护工程清洗光伏板

增收 3.5 万元，直接实现脱贫。尤为紧要的是，此项扶贫工程采用的是滚动扶贫方式，每一户因此实现脱贫的贫困户都将及时退出，同时将精准识别出的其他贫困户纳入进来，从而实现滚动式帮扶与脱贫。

第七种是"易地搬迁扶贫"。迄今，亿利已先后建设了 3 个生态移民新村，即建于 1997 年的盐海子牧民新村、建于 2006 年的道图嘎查牧民新村、建于 2016 年的杭锦淖尔亿利新村，使总计 333 户农牧民从"一方水土养活不了一方人"的地区走出来，并自此以技术工人、养殖户、种植户、旅游户、餐饮服务户、民工联队长、小老板等多种新颖的身份，大步踏上了致富之路。其中，杭锦淖尔亿利新村的建设是政府与亿利各出资一半，也就是亿利向 197 户居民每户捐助了 5 万元。2018 年，

亿利再次与地方政府合资建设了独贵塔拉沙漠特色小镇，生态移民 3 360 户。

第八种是"教育扶贫"。针对沙漠地区教育条件薄弱的状况，在政府支持下，亿利于 2009 年投资 1.2 亿元，建设了集幼儿园、小学、初中、职业高中为一体的全日制寄宿制亿利东方学校，并每年提供 100 万元的专项基金，用于教师和学生的奖励以及贫困学生的助学，阻断贫困的代际传递。迄今已有近 2 000 名沙区孩子受到了良好教育，目前在校师生 1 300 多人。亿利还在学校建成之初就成立了"农牧民党校和培训学校"，以每年培训近 4 000 人的规模，持续提升着农牧民的综合素质与发展能力，为农牧民依靠科技脱贫做出了巨大贡献。

第九种是"党建扶贫"。亿利的所有党员都与当地贫困户结成了"一对一"或"一对多"的帮扶对子，211 名党员共帮扶贫困户 303 户，共捐助 314 万元，户均帮扶 1.04 万元，并于帮扶过程中因户因人施策，有效提高了贫困户的自我发展意识和生产能力。此外，亿利沙区党委还持续为贫困户寻找或提供就业及创业机会，同时与独贵塔拉镇的 10 个村嘎查成立了联合党支部，选派 10 名优秀的党员干部分别兼任道图嘎查、沙日召嘎查、解放村、杭锦淖尔村、永兴村、二圪旦湾村等 10 个嘎查村的副书记，进行村企共建、结对帮扶。

通过多位当地人的叙述可知，杭锦旗的大多数企业都会主动投身于扶贫工程，亿利则属当中最主动的那个。至于理由，人们也都给梳理好了，大略是因为它的企业文化更为丰厚，更把回报家乡当回事儿，更把社会责任当回事儿，也因为它的创始人王文彪有着浓厚的家乡情怀，尽管"情怀"这个词曾在早年屡受争议甚至质疑，但家乡人确实因此大为受益了。

其实亿利还有一种形式的扶贫，也是王文彪那"泛滥"的家乡情怀的一个体现：亿利还有一个化肥厂，所产化肥"非常抢手，供不应求"，然而亿利仍在 2018 年、2019 年连续两年以低于市场价的价格，将其提供给了杭锦淖尔亿利新村的全体村民，"不止贫困户，家家都有"。

为啥呢？

因为王文彪就是这个村子的，他生在这儿，也长在这儿！

送化肥

时至今日，亿利已在家乡广受赞誉，即使是远在库布其沙漠东缘的准格尔旗的村民，也都对亿利的所作所为颇为熟悉，并深以为傲，继而由衷感慨：要是再多几个亿利就更好了。

对于诸如此类的企业帮扶，政府并不曾给予直接的资金支持，"若给资金，政府就自己做了"，但会给予激励性政策以及表彰。不过对很多企业，比如亿利而言，它们的积极行动还是根源于"扶贫是党的号召，脱贫是总书记的承诺"，而"响应党的号召，践行总书记的承诺"是每一个企业的责任与义务。加之此类行为还关系到企业自身的社会评价，尤其会有效提升企业的知名度与美誉度，企业纷纷投身其中也就不至于难以达成了。

对杭锦旗来说，这方面的情况似乎要更好些，理由是"杭锦旗人心更齐"。"人心更齐"无疑是一种令人尊敬的描述，它所含蕴的那种"泰山移"的力量也是如此。这或许也是杭锦旗沙患最重、百姓最穷所直接呈现的一个事实，毕竟要实现这样一个旗区的整体大翻身，势必要有效凝聚起全部的力量吧，然后，重拳出击。

这全部的力量当中，也包括杭锦旗人武部的力量。

约略从 1994 年起，杭锦旗人武部就开始了种树治沙之旅，20 多年来已累计在库布其沙漠造林 8 万多亩。2014 年以来，在继续扩大生态建设成果的同时，人武部还深入探索生态扶贫之法，继而通过动员广大民兵发展绿色产业，以及向群众无偿提供林草资源等途径，辐射带动了周边 430 多户 1 300 多人实现了脱贫与致富。锡尼镇锡尼布拉格嘎查的牧民阿拉腾·巴格那，就是其中的一户。

巴格那是 1983 年生人，1999 年初中毕业就去了达拉特旗、东胜区等地打工。之所以出去，缘于家里的 1 700 多亩草场过于贫瘠，载畜量很低，低到连几十只羊都难以养肥。后见家乡状况越来越好，他便于 2013 年返乡。返乡后的巴格那受到了"近邻"杭锦旗人武部的及时帮扶。涉及思想、技术、饲料、苗木等多方位的全面扶助，不仅使他树立起自力更生实现富裕的强烈信念，更使他大幅度提升了养殖的科技含量，并拥有了草场改良的能力。

杭锦旗人民武装部生态基地

时至 2019 年，巴格那已将最初的几十只羊发展到了 500 多只，且为此承包了邻居的 4 000 多亩草场,仅养殖一项的年收入就已达到十几万元。而这十几万元是"净剩的",因为在锡尼镇开裁缝铺的妻子的收入就够一家人的开销了。妻子经营的是蒙古族的民族服饰,收益很不错。两个人现有一个正读小学二年级的儿子,"还打算要二胎"。

锡尼布拉格嘎查过去只有 200 户人家,现在则有 300 多户了,这多出的 100 多户基本都与巴格那一样,是"近年陆续回乡的",回乡的根本理由也在于家里草场的好转,草场的好转则与包括杭锦旗人武部在内的生态建设者的持续努力息息相关。

2015 年,杭锦旗人武部还与阿斯尔嘎查正式结成了帮扶对子,几年来每年都会为其投入 20 万元,用于集体经济发展、群众生产生活条件的改善等。如今全嘎查的 19 户贫困户已全部脱贫。2019 年,杭锦旗人武部荣获了全国脱贫攻坚奖的组织创新奖。

乌兰牧骑在行动

在浩瀚的库布其沙漠,在旖旎的黄河岸畔,还有一支支乌兰牧骑在为"精准扶贫"真情助力,并于奔走四乡的进程中迅速形成了"乌兰牧骑 +"的模式,以此在这场亘古未有脱贫攻坚战中展现了自己独特的风采,做出了自己独特的贡献。

作为一个别致而又颇具魅力的名称,"乌兰牧骑"的蒙古语意为"红色的嫩芽",汉语意为"红色文化工作队",官方以及坊间则通常将其视为"红色文艺轻骑兵",其自身也极为认同这一释义。这是中国文化艺术领域里绝无仅有的"一枝独秀",仅存在于内蒙古自治区。第一支队伍于 1957 年 6 月 17 日成立于锡林郭勒盟苏尼特右旗的茵茵草原,并在接下来的日子里得到了持续扩展,时至今日已发展到 75 支,共有 3 000 多名队员。

库布其沙漠的三旗也都各有一支:杭锦旗乌兰牧骑组建于 1961 年,达拉特旗乌兰牧骑组建于 1965 年,准格尔旗乌兰牧骑组建于 1966 年。其中后者因"受霹雳歌舞、摇滚乐冲击"而于 1986 年一度解体,2018 年又应时代的召唤得以重建。

自 2014 年"精准扶贫"启动以来，各地的乌兰牧骑就都以自己独特的方式积极参与进来。至 2017 年 11 月 21 日，习近平总书记给乌兰牧骑队员们回信，信中希望他们"以党的十九大精神为指引，大力弘扬乌兰牧骑的优良传统，扎根生活沃土，服务牧民群众，推动文艺创新，努力创作更多接地气、传得开、留得下的优秀作品，永远做草原上的'红色文艺轻骑兵'"。至 2019 年 11 月 1 日，内蒙古自治区又正式实施了《乌兰牧骑条例》，使每一支队伍的硬件设施及活动资金等都得到了空前的保障。如此种种的巨大激励，使每一支乌兰牧骑都以更加激昂的姿态，驰骋于脱贫攻坚战的主战场，辉煌的战果屡屡呈现：

2018 年 1 月 16 日，杭锦旗乌兰牧骑被中共中央宣传部、文化部（今文化和旅游部）和国家新闻出版广电总局授予"第七届全国服务农民、服务基层文化建设先进集体"称号，成为鄂尔多斯市 6 支乌兰牧骑中唯一一支获此殊荣的艺术团队。

2019 年 2 月 1 日，杭锦旗乌兰牧骑应泰国旅游体育部、国家旅游局、曼谷市政府邀请，经我国文化和旅游部批准，一行 21 人赶赴泰国参加 2019 年泰国"欢乐春节"活动，成为唯一一支被邀请的中国旗县级艺术团体，使鄂尔多斯独具民族特色的文化走出国门。

2020 年 7 月 8 日，达拉特旗乌兰牧骑原创的舞蹈作品《老书记的心愿》，在来自国内以及美国、澳大利亚、日本、韩国、泰国、蒙古国等报送的总共 1 774 个节目中冲出重围，荣获 2020 年度"舞蹈世界"首届网络舞蹈大赛专业组亚军，《老书记的心愿》也由此成为内蒙古自治区唯一跻身前三的原创作品……

旺扎拉脑日布是杭锦旗乌兰牧骑的队长，一个高大健壮的蒙古族汉子，普通话说得颇为流利，词汇还特别丰富，完全想象不到他直到 14 岁才开始学汉语，且在小学毕业时还只会写"旺""拉"2 个汉字，在中专毕业时说起汉语来还"前言不搭后语"。尤为令人生敬的是，他的蒙文特别好，好到"在杭锦旗数一数二"。通过介绍可知，他在 2011 年就担任了杭锦旗乌兰牧骑的队长，而"接地气"是乌兰牧骑的根本，大漠边缘的农户、大漠深处的蒙古包等就成了他和队员们常来常往的去处，而农户常说汉语，牧民常说蒙古语，所以两种语言他都常用，哪种都不曾丢下，还要力求说得"接地气"，几年下来，便致双语精湛了。

乌兰牧骑演出

对于杭锦旗乌兰牧骑的扶贫方式，旺扎拉脑日布概括了以下几种。

一是直接帮扶。杭锦旗乌兰牧骑在 2015 年正式与贫困户结成了帮扶对子，因当年有队员 54 人（2020 年有 57 人），便结对了 54 户贫困户，一人一户。几年来，全体队员各尽其力，各显其能，使 54 户贫困户陆续脱贫，现已全部"摘帽"。

二是间接帮扶。杭锦旗乌兰牧骑以免费开办文艺辅导班的形式，对全旗的农牧民进行文艺辅导，在挖掘文艺新人、培养文艺人才的同时，也使更广大的农牧民学会了马头琴、扬琴、四胡等民族器乐与民族舞蹈，乃至婚礼主持的技能。辅导班从 2013 年始办，之后每年"办四五届"，2020 年在 7 月之前就已办了 2 届，先后使 4 000 多人从中受益。学员以 40 多岁的农牧民、十几岁的青少年居多，中间年龄段的较少。经过培训的学员目前已组建了 14 支乐队，并在越来越兴旺的库布其沙漠旅游中从事着各种形式的文艺演出，并实现了创收、增收。

三是"文化扶贫"，或说"精神扶贫"，即通过文艺演出的形式，将党的政策方针、科技成果、法律知识等，及时送达全旗范围内的广大农牧民，以期培育正能量，养成新风尚，催生全体民众的内生动力，助力"精准扶贫"。

在旺扎拉脑日布看来，这种文艺形式的扶贫既是乌兰牧骑在新时代的新担当、新使命，也是乌兰牧骑在这场脱贫攻坚中发挥的最大作用所在，不仅被库布其沙漠的 3 支乌兰牧骑所发扬，且被内蒙古自治区所有的 75 支乌兰牧骑所践行。这一过程中，乌兰牧骑创作了很多源于生活、紧贴时代的经典作品，屡获嘉奖的同时，更发挥了不可估量的实际效用。

旺扎拉脑日布——

党的脱贫攻坚政策、社会主义核心价值观、扫黑除恶等内容，都会被我们融入作品中去，编成农牧民喜闻乐见的歌曲、舞蹈、好来宝（即数来宝）、舞台剧等。我们精心排练妥当了，再一场一场地演出去。我们的出行挺简单的，一辆舞台车、一辆交通车，拉上演出服装、音响设备啥的，就这么一路走下去，走一路演一路，上车休息，下车演出。

我们的演出是覆盖全旗的，一个地方都不落。全旗 76 个嘎查村、7 个社区、13 个小聚居，每个地方都要走到，一年一次是底线。赶上哪个地方有活动了，或者哪里的蒙古族祭祀敖包了，就还要再去。近年每年演出不下 200 场，2019 年总共演了 206 场。

现有的 57 个队员里，80% 是专业学校毕业的，余者是民间高手，这使我们的演出很受欢迎，也是演一路群众欢呼一路。

我们并不是单纯地演出，而是始终遵循着"三送""三问"的原则。"三送"是送政策、送文明、送技能，"三问"是问寒、问暖、问诉求。"三送"在编排节目时就落实了，"三问"则在演出过程中实现。那头儿的部分队员在舞台上载歌载舞呢，这头儿的大部分队员就分散到农牧民中间去了，各种唠家常，聊着聊着就知道了群众的所思所想、所需所求。这又会成为我们编排下一档节目的重要参考，以便将其及时回馈。

"到人民中间去"是乌兰牧骑的老传统，而且始终都没丢，在2014年开展"精准扶贫"以来，更被所有的乌兰牧骑发扬光大了。年复一年地扎根基层，又为我们提供了不竭的艺术源泉，使我们创作出了一系列"接地气"的优秀作品，既有《菩提草原》《月光下的摩林河》《杭锦美》等反映草原生活、赞美家乡的通俗作品，也有《和谐四瑞》《阿拉腾鸿达嘎》等思想精深、艺术精湛的精良之作，更有《党的十九大精神传万家》《岗位》《一个也不能少》《医保》等一系列助力"精准扶贫"的优秀之作。

2020年6月17日是乌兰牧骑成立63周年的日子，"乌兰牧骑月·一切为了人民"系列活动由此在内蒙古自治区的农村牧区全面展开。杭锦旗乌兰牧骑的此项活动也在锡尼镇的阿门其日格村、新井渠村拉开帷幕，并会拢了"乌兰牧骑小分队'六进'演出服务活动""弘扬乌兰牧骑精神·到人民中间去暨脱贫攻坚、百日攻坚综合志愿服务活动"，从而以更大的规模、更丰富的内容，再度为广大农牧民奉上了一场文化盛宴，也再度为决战脱贫攻坚、决胜全面小康添了一份力量。

人所共知，文艺最能引领一个时代的风气。

尽管相较"产业扶贫""易地搬迁扶贫"等其他扶贫方式，乌兰牧骑的"文化扶贫"没有那么直接，但它在"精神扶贫"上所下的功夫，在增强农牧民内生脱贫动力上所发挥的作用，既是巨大的，又是关键的，尤其是不可替代的。当它在实践中孕育了"乌兰牧骑+"，在农牧民喜闻乐见的文艺节目中加入了党和政府的关怀，加入了脱贫攻坚的政策解读，加入了卫生和健康，加入了文明与法治时，它所能发散的脱贫效应就更为强大了，"文艺扶贫""文艺兴村"实在并非虚谈。其根本缘由，在于它能使农牧民在欢笑当中深受启迪，并引以为鉴。

2020年6月13日，准格尔旗乌兰牧骑刚刚在暖水乡进行了一场以"送文化，助脱贫"为主题的演出，帷幕虽已落下，群众的热情却未减丝毫，仍在尽兴谈论。这个说"这演的分明就是咱村的人和事，看人家就是看咱自己呢"，那个说"这台小戏让人脸红，心还慌呢"。有人甚至还记下了戏中的一句台词，并反复叨念："勤劳致富是出路，不能争当贫困户！"

群众有如此反应，则显然演出比其他形式的说教要好上不止一二呢。

而且，旺扎拉脑日布还说，杭锦旗乌兰牧骑还在 2019 年开发了一个服务型小程序——乌兰牧骑 Online。小程序已正式上线，开启了数字化乌兰牧骑服务的新模式。这个中文意为"乌兰牧骑在线"的平台，集宣传、展示、辅导、服务、创作、传承、交流于一体，可对有志于文艺的初学者进行线上辅导，可使乌兰牧骑队员与广大群众实现线上互动，交流彼此的生活感受、艺术感悟，还可为全旗的嘎查村集体、农牧民"直播带货"。也就是说，"消费扶贫"也自此成了杭锦旗乌兰牧骑的一项新任务。

旺扎拉脑日布补充说，有些嘎查村的集体经济刚刚起步，万事开头难，需要多方助力，乌兰牧骑也有责任给予帮助；再者，也可由此宣传家乡及家乡土特产，当知名度得到了有效提升，其他也就水到渠成了。春若暖，花则开。

"我家脱贫了"

随着"精准扶贫"的持续推进，越来越多的农牧民开始谢绝各路记者的造访，在电话里诚恳却也直接地说"你们别来了，我家脱贫了"。知情者解释说，越来越多的人都不愿承认自己曾是"贫困户"了，好像承认了就不大光彩似的。

但有另一种现象也在同步发生。至少在医院门诊部，就有人不止一次地碰到有农牧民装束的人，在那儿高声大气地跟人声明"我是贫困户"，说得理直气壮，而且隐于其中的"先诊疗，后付费"的目的，也每每都能因此顺利达成。

"贫困户"一词在库布其的社会语境里，显然变得复杂化了。

从第一种现象可以看出，库布其人开始"以贫为耻"了。

将"开始"用在这里应该是不为过的，因为"穷是不体面的事"此前从不曾成为库布其人的共识，因为"穷"一度是普遍的事实。一件事，一旦将范围扩散到足够大，就很难使人为此心生羞惭了；凡是能将范围扩散到足够大的事，任何一件，都具有这个性质，尤其是"穷"。

当一个人的左邻右舍，乃至他视线可见的与他身份相当的所有人，所过的日子都与他的景况相差不多的时候，他就很难对自己的日子心生不满，也很难发出"咱不如人"的感慨。一个人往往只有见过了更好的，才会感知到自己的匮乏；唯有确定了自己的匮乏，才会生出弥补的热望。"眼界"素来是一个含带着积极因素的词语，事实也正是如此，唯有眼界打开了，向往才会找到落脚点，而一旦有了向往，前进的动力也就有了。如若受挫，他还会对自己渐生火气呢：凭啥啊？都一对胳膊两条腿的！

也就是说，"以贫为耻"的心理只能萌发于一个相对富足的社会环境里，生成于一个向富之心相对旺盛的区域内，它折射着这个区域的民众生活已经步入了一定程度的富足状态，而且是普遍的。尤为紧要的是，随着这富足生活的日趋普遍与深入，一种对富足以及致富的行为心生敬意的社会风气就会悄然生成，并将越来越浓厚。与"贫困户"撇清干系，亦会在这样的社会风气里被越来越多的人急切向往，因为那是他们重获社会尊敬的一条捷径。

农牧民代表参观《伟大的变革》大型展览

沙漠蹦蹦车

那也就意味着，"我家脱贫了"的声明的出现，不见得不是一件好事情。试想，如果今天的库布其还人人都在争当"贫困户"，或者人人都在紧搂着"贫困户"的帽子不肯撒手，那是不是就表明了这场漫长而又艰苦卓绝的"治沙"与"治穷"行动统统失败了呢？那该是怎样地让人心凉、心寒啊！

从第二种现象，也就是"我是贫困户（我可以先诊疗，后付费）"这句话的屡屡出现中，至少可以看出两个事实：一是"精准扶贫"的细致踏实，二是"精准扶贫"的深入人心。

其实这个现象是杭锦旗扶贫办主任王光荣无意中道出的，确切地说，是在他与杭锦旗外宣办王荣飞的闲谈中说出的，言罢两个人都笑了，无声地，却都是相当满足的样子。这样子令人印象深刻。对于这句话的"笑点"，外人则不明就里，问过方知"先诊疗，后付费"也是杭锦旗政府给予"贫困户"的一项医疗待遇，即门诊"零等待"。王光荣与王荣飞能够默契地笑，想来在于他们从这句话里确定了这一举措的落地之实，并看出了它已在民间广受认可。

如果说这样的待遇也是对"贫困户"的一项优遇，那么王光荣与王荣飞就是很乐于看见"贫困户"享受到这样的优遇的。他们会从中体验到强烈的成就感。

王光荣是库布其生人,生于 1974 年,小时候家里也穷,穷到"主粮就是土豆,人畜都吃"。他在 1996 年参加工作,先是就职于杭锦旗房管局,继而团委,2008 年调到扶贫办,直到今天。自 2014 年"精准扶贫"启动,扶贫办的工作任务就重了,他也感受到了空前的压力,全旗 76 个嘎查村逐个走,各家各户都走到,甚至连续走好几次。

当年"有的人家真穷啊,房子破得不像样,水还得到外头去拎"。他拿手机随时拍下了很多画面,"晚上翻看,越看越睡不着,脑袋里都是这事"。年底组织部来考核,问他有什么诉求,他说"没有,只想把总书记交代的事情干好"。在他看来,"精准扶贫"是当前中国最大的政治任务,"全面小康"是总书记的郑重承诺,身为扶贫队伍中一员的他就必须尽自己的全力,不能有丝毫的偏差。若非如此,就是"对党不负责,对老百姓不负责"。

扶贫办的工作主要是政策落实、责任落实、工作落实,作为全旗扶贫工作的"综合协调部门,方方面面都涉及",包括建档立卡、资金使用、项目落实、帮扶对接、动态管理、社会力量的动员等种种。"忙"也就成了他的常态,他单位的楼下有家小面馆,他的晚饭常在那儿解决。那家面馆的岐山臊子面、油泼辣子面等,他都吃遍了,也"都吃够了"。他的同事们也是如此。然而,"咱都是穷过的",深知穷的苦楚与无奈,现在国家下了这么大的力气,给了这么多的政策,杭锦旗又这么穷,作为杭锦旗"精准扶贫"的直接责任人,他始终"不敢"有些微的松懈。

"都富起来就好了,"他说,"都帮扶着站起来,自己能走就更好了。"

"杭锦旗 2018 年就摘了'贫困旗'的帽子,(我们)完成了党交给的任务,特有成就感了!"他又说。他的语调稳稳的、沉沉的。无论看着,还是听着,他都是一个沉稳的人。

如此种种因素加在一起,使王光荣很乐于看到"贫困户"享受"优遇"。杭锦旗外宣办的王荣飞也是如此,堪称"人同此心"。"我是贫困户(我可以先诊疗,后付费)"则满足了他们这个无形的期待,尤其使他们看到了扶贫举措的细致与踏实,这显然是对杭锦旗整体扶贫工作的一个间接肯定,尽管微小,但令人满意。

这句话的目的之所以能够每每顺利达成,则透露了这样的一个因果关系——因为

"我是贫困户"，所以"我可以先诊疗，后付费"，包括门诊"零等待"——已经被大众所普遍接受，并深为认同。这一事实就进一步折射出了"精准扶贫"的深入人心。

事实是，在这片浩瀚的沙漠里，心系扶贫的人不只王光荣、王荣飞等公职人员，扶贫早已成为一种全民性的运动。这应该不足为奇，毕竟"精准扶贫"早已成了全国范围的一次全民性运动，不仅庞大，而且蓬勃，以至于纵然是深居大漠腹地生活最为闭塞的牧民，也能真切感受到这一运动的温度与温暖、力度与力量。

事情之所以如此，就在于投身于扶贫的人太多了，就像投身于治沙的人一样；扶贫的方式也太多了，且屡有创新，屡被刷新，就像治沙方式所曾经历的那样。实际上自 2014 年以来，为了扶贫，为了脱贫，为了全面小康的落地为实，全国各个地区都是"八仙过海，各显神通"，因地制宜地实施了各种策略与举措，以"贫"著称的库布其大漠更是如此。

从库布其人针对"消费扶贫"所做出的一应努力中，即可见一斑。

无论是养殖还是种植所得的任何一种产品，唯有转化为商品并顺利销售出去之后，才能实现效益，收获扶贫的效果。在全球都进入了"消费时代"的今天，尽管"消费者"已成了世间每一个人最显著的身份，而且几乎人人都在完好履行这一身份所赋予的那种职责——不停地买买买，却仍然由于消费空间亘古未有的巨大，而致每一种商品的供应者都面临了空前的压力，各个都须竭尽所能地捕获"消费者"的注意力，人人都得想尽办法让"消费者"在浩瀚的选择面前不选别的，而独独将订单下给自己。若非如此，产品出笼过程中的所有付出，无疑都将付诸东流了。

吸引"消费者"的眼球，显然并非库布其人所擅长的，"消费扶贫"由此既更加必要，亦更具压力。库布其的 3 个兄弟旗在这方面所动的脑筋也相对更多，以致方式方法层出不穷。

首先是对各大企业的消费潜能进行了全面而又及时的开发。

拿准格尔旗来说。

准格尔旗现有规模以上企业 231 家，从业人员 5.7 万人。通过对其中 107 家工业企业的生活消费调研可知，每万名职工年消费米面 150 多万千克、蔬菜 350 多万千克、肉类 5 万多千克、粮油 10 多万千克，市场堪称巨大。为将其应用到扶贫攻坚中来，旗委、旗政府便牵线搭桥，一面引导企业在后勤消费、福利消费中直接采购帮扶村或旗里的农产品，一面组织全旗的优质农产品向域内的大企业供应，并很快形成了3种对接形式。

一是企业职工福利集中采购。在2020年5月之前，准格尔旗就已累计采购牛肉8万千克、羊肉16万千克、杏仁露400件、草莓4万千克、香瓜5万千克等，交易额达3 000多万元。二是后勤采购、职工食堂采购等，均以旗内农产品优先。三是建设职工福利费定点刷卡超市，抓住准能集团职工年均发放1.2亿元消费卡、福利卡的契机，因地因时地设立了2处扶贫定点超市，作为企业职工定点刷卡的消费超市，及其进行后勤采购、福利采购的核心据点。准格尔旗于超市中重点安排了本土农畜产品，由此对全旗"贫困户"的农畜产品全部实行了保底价收购，也使准格尔旗消费扶贫的长效机制得以落实。

与此同时，准格尔旗还采用"线上平台＋企业（农产品加工）＋农户（贫困户）"的模式，使本旗的农产品，如碱水稻及绿豆等小杂粮，相继在中国邮政内蒙古分公司旗下的多家网络平台上线，实现线上农产品交易额1 000多万元，直接带动754户农民从中增收，其中有43户"贫困户"。

此外还有一些随机性的举措。比如在2020年5月中旬期间，本土香瓜大量而又集中地上市，却因受到疫情影响而导致滞销。此时，准格尔旗委、旗政府便及时出手制定了促销方案，由此将5万多千克香瓜销了86家政府部门和9家企业，总销售额达80多万元，成功解决了沙圪堵镇62户贫困户、十二连城乡50户贫困户、大路镇苗家滩社区23户易地扶贫搬迁户的销售难题，使众多农户在无情的"天灾"中得到了有情的援助。

其次是组织承办各种类型的消费活动，以促进群众性的消费。

3个旗都纷纷策划并落实了诸多带有文化性质的大型"消费扶贫"活动，比如准格尔旗的年货节、扶贫产品推荐会、农民丰收节、"10·17"扶贫日等，杭锦旗的春季农特产品系列促销活动等，并鼓励各级机关单位带头参与消费，采取"以购代捐""以买代帮"等多种方式，使贫困地区的产品和服务消费得到不断提升。此类活动的举办，成功扩大了"消费扶贫"的普及面与影响力，在库布其逐步形成了"人人参与消费扶贫，人人支持消费扶贫，人人宣传消费扶贫"的良好社会氛围，有效拓宽了"贫困户"农副产品的销售渠道。

再次是着力打造本土品牌，以此吸引更广范围内的消费群体。

如果说以上两种行为都有点儿"自产自销"的性质，那么对品牌的打造则旨在扩大产品的知名度与美誉度，培育或提升本土产品应对市场竞争的能力，从而实现大比率的外销。达拉特旗由此创建了"黄河几字弯"农产品区域公用品牌，以突显这一得天独厚的地利为途径，强调了本土优质农畜产品的特色，进而有效提升了风水梁獭兔、昭君大米、大树湾黄河鱼、雷大姐腌菜、宝善堂蔬菜、蛇肯点素面粉等诸多产品的市场可识度。

第四是积极利用电子商务平台，以拓宽销售渠道来实现稳定增收。

这显然是一种与时俱进的做法，将目光明确指向了火爆于当下的淘宝、京东、微信等电子商务平台，"线下"向"线上"的转变由此开始。各旗都及时打造了多个电子商务平台，建立了各级"电商扶贫服务站"，并颇具实效。其中，杭锦旗伊和乌素苏木的电商扶贫服务站，就迅速搭建了"天牧朔方，云端杭锦"的线上扶贫超市，将桃日木嘎查的冰峰泉矿泉水、乌日更嘎查的富硒瓜子、锡尼其日格嘎查的阿努奶茶等扶贫产品全部扶上了"云端"，继而纷纷进入大漠之外的千家万户。电子商务平台的应用，在有效扶助了"贫困户"及广大农牧民的同时，也切实惠及了作为消费者的千家万户。鉴于众多农牧民仍对电商平台有些生疏，各旗还为他们屡屡开办专题培训班，殷殷指望着他们能如期插上电子商务的"翅膀"，远远地跳出贫困的泥淖，飞向富裕，奔向小康……

库布其人为"消费扶贫"而想出的"招数"实在多得不可尽数。不过综合而言，遵循的仍是"政府主导、多方参与"的基本理念，践行的仍是"政府搭桥"和"党建引领"的基本路径。在"消费扶贫"形成"多点发力、全面铺开"之良好局面的过程中，库布其沙漠中的每一个人几乎都成了参与者、助力者，同时也是受益者。而作为核心帮扶对象的"贫困户"，在经历了库布其三旗政府及全体民众的种种努力之后，也日益拥有了说出"我家不穷了"这句声明的资质与实力。无论如何，愿这样的声音越来越多。

第八章

收官

2020

变化被证明是一件好事，"更好"也已与"未来"同义。

风范 "兜底"

尽管库布其已经成为全球唯一一个被整体治理的沙漠，却并不意味着它的每一寸土地都已栽了树、种了草，而是指它的植被覆盖率已达到足以控制流沙、杜绝沙患的程度；尽管库布其人在"精准扶贫"工程中殚精竭虑，竭其所能，并致三旗在2018年年底全体"摘帽"，却并不意味着所有库布其人都已如愿致富，而是指即使是那些生活状况最不容乐观的家庭，其年度人均纯收入也已达到了贫困线以上。

事实是，无论一个地区的社会经济已发展到怎样的程度，这个地区也总会存在一些"状况最不容乐观的家庭"。这样的家庭表现各异，或者没有劳动力，或者劳动力丧失了劳动能力，或者劳动力在理当赚钱养家的期间却因服刑、劳教、失踪、强制戒毒等种种因素而不曾尽责，也或者这个家庭有长期患病的成员或重度残障成员，也或者是更不乐观的一户多残、老残同户，等等。如此种种状况的家庭，无疑都会在"精准识贫"过程中被确定为"贫困户"。在这样的"贫困户"面前，类似"产业扶贫""劳务扶贫""消费扶贫"等种种扶贫方式，无疑都会显得力不从心，甚至无从下手。

这种情况下，就只能仰赖于"兜底"了。

实际上"兜底"也是诸多扶贫措施中的一种，且一直都在与其他扶贫举措同步施行，若非如此，杭锦旗的"摘帽"就不会实现，库布其的全面脱贫也不会成真。而且由于它所针对的是那些"状况最不容乐观的家庭"，所以它的存在不仅必要，且尤为重要，毕竟它所"啃"的是脱贫攻坚战役中"最难啃的那块硬骨头"。库布其沙漠中的若干个家庭，在2014年以前的治沙行动中脱贫了一大批，在此后的"精准扶贫"中更是脱贫了更大一批，在历经这两番强劲的洗礼之后，如果有些家庭仍然没能使自己的生活有所起色，那么这些家庭自然就是这片沙漠里"最难啃的那块硬骨头"了。

一位在扶贫战线奔忙多年的工作人员说，没人赡养的老年人、没人照顾的残疾人，还有那些只能躺在床上的人，无力可扶，无业可扶，实在没办法帮他致富。咋办？那就吃低保、吃补贴，接受社会保障。我们党的英明之处，就在于能向全世界宣布这部分人"我养起来了"，这不仅体现了社会主义制度的优越性，更彰显了一个社会主义大国的独有风范。

这"养"的方式，就是"兜底"，全称"兜底保障"。

简单地说，"兜底保障"就是通过种种途径织就一张牢固的社会保障安全网，将无法依靠产业扶持等其他常规帮助而实现脱贫的家庭和个人，尤其是重病、重残、丧失或部分丧失劳动能力的特殊困难群体与弱势群体，都"兜底"式地承托起来，从而使其跳出"贫困线"，达致脱贫。这也是"精准扶贫"的重要构成。

"兜底"的方式有很多，具体实施因地因时因人而异。不过就像特殊困难群体与弱势群体的构成都基本相似一样，各地的"兜底保障"措施也都彼此相仿。

在库布其沙漠，"兜底"主要有以下几种形式。

一是低保"兜底"。

低保"兜底"就是将完全和部分丧失劳动能力且符合农村牧区低保政策条件的建档立卡贫困人口纳入低保范围，使其每月都可领得基本的生活保障金，实现"不愁吃，不愁穿"。低保金额有城乡差异，通常会随年度变化而做出调整。相关部门每年都会对低保户逐户核实收入和成本扣减，如若不足，则会严格按照当年贫困线标准给予补足，确保其达到最低生活保障标准。

这种"兜底"方式实行渐退机制：举凡被纳入低保范围的家庭，如若已有成员参加工作或外出务工，或者享受了产业帮扶、公益性岗位等方面的救助，从而使家庭的年人均收入超过了低保标准，便会在每年的 3~12 月的缓退期之后予以清退，以便将有限的资金用在更需要的人身上。这种方式的"兜底"对象通常是体残智障、完全丧失劳动能力的贫困人口。

二是社会保险"兜底"。

政府按照一定标准，为相应人口代缴城乡居民养老保险费，或提供养老保险费缴费无息借款。各旗政府均为此设有配套资金，现已实现养老保险扶持全覆盖。同时，政府为相应贫困人口代缴意外伤害保险、重大疾病保险、大病住院补充医疗保险、大病慢性病门诊补充医疗保险的保费，这种"兜底"也是动态的，会随着救助人口陆续达到退休年龄而做出及时的调整。

三是公益性岗位"兜底"。

政府通过与相关职能部门对接，或者结合"乡村振兴"与"美丽乡村"建设，在林业、市场监管、园林绿化、环卫及各苏木乡镇嘎查村，大力开发出一批公益性的扶贫岗位，诸如草场林地管护、乡村道路维护、保洁保绿、治安协管、养老护理、文化室管理等，从而将相应人口就地就近安置就业，以期形成一个"以岗位促就业、以就业促增收、以增收促脱贫"的良性发展链条。

这种"兜底"针对的基本是那些无法被输送到企业，或者无法外出就业，亦无法自主经营一份产业的贫困劳动力。原则是援助对象每户不得超过一人，其岗位津贴通常不会低于鄂尔多斯市的最低工资标准，目前是每人每月 1 760 元。

这种方式的"兜底"还存在另一条路径，即将部分人口安排到绿化工程中去，以期实现"林业增效，贫困户增收"的双赢目标。准格尔旗就为此组建了 45 个"扶贫造林专业合作社"，并于 2019 年以议标制的方式，将总面积 8.45 万亩、总投资 3 474.7 万元的造林任务全部分配给了他们，前提是须将合同价额 4% 的资金共计 138.99 万元通过旗"扶贫基金"用于实施脱贫攻坚的相关项目。这 45 个合作社总共吸收了贫困户 49 户 136 人。

除上述 3 种之外，还存在许多其他的"兜底"方式。

比如将符合农村特困人员救助供养政策条件的建档立卡贫困人口纳入特困供养范围，将遭遇临时性、突发性事件致使家庭基本生活暂时陷入困难的建档立卡贫困家庭纳入临时救助范围，将家庭成员患重病致贫的建档立卡贫困家庭纳入重特大疾病医疗救助范围。

政府还鼓励有条件的苏木乡镇结合"美丽乡村"建设筹建养老院，从而实现对没有亲属照管的贫困人口的集中照管；对居住在集体经济发达的嘎查村的相应贫困人口，政府还会通过为其代缴入股资金的方式，助其年年都能拿到一份"分红"的收入。

参照各个贫困家庭及其成员的具体情况，政府还对一些家庭实行了"混合兜底"

的扶助方式，比如以"易地搬迁"使之实现"住房安全"，再以"公益性岗位"等使之获得生活的基本保障。在"易地搬迁"之际，政府也会实行"兜底"式搬迁，确保搬迁户不会因建房、购房背上债务。总之是"兜底"之法务必紧密结合实际，以求对症下药，药到病除。

显而易见，"兜底"是一项耗资巨大的扶贫举措。这一举措的宗旨就在于践行党的郑重承诺，即确保"脱贫路上不落一户、不丢一人"。

事实是，"兜底"是杭锦旗于 2018 年 7 月 27 日得以正式"摘帽"的仰赖所在，也是中国 832 个国家级贫困县于 2020 年 11 月 23 日全部脱贫的仰赖所在；"兜底"是库布其人最终打赢脱贫攻坚这场硬仗的底气所在，也是中国得以在今日向全世界宣布"中国再无贫困人口"的底气所在。"兜底"兜的是中国的特困人口、弱势群体，"兜底"兜出了政府的关爱、社会的温度，以及大国的担当与风范。

情系"长效"

世间万事似乎都不存在一劳永逸之说。

老支书陈宁布曾说库布其的生态修复只有开始，没有结束，需要持续持久地管护照顾，否则那大片的森林与草场难免要再度沙化。为此他老人家还做了个比喻，说这不像盖房子，盖好了就妥了。其实盖好了的房子也仍需及时地维修、维护，到了一定年头还需翻新或重建。

库布其的脱贫也是如此。今日的整体"摘帽"并不能使人高枕无忧，而仅仅意味着库布其人取得了一个巨大的胜利。即使时下还不好说这是否就是绝后的，却能肯定这是亘古空前的。不过，这也只是一个亘古空前的巨大胜利罢了——它并不能保证每一个家庭、每一个人接下来的生活，都将圆满地如人所愿。

也就是说，与"治沙"一样，"治穷"也是一场没有尽头的跋涉之旅，两者都不存在彻底的完结之说。返贫、新致贫等现象都并非不会发生，无论那多么令人心伤。

一场骤来的大病、一次突发的事故、一次意外的经营失败，如此种种遭遇，无疑都会使这种事情成为事实。如果这种事情对遭遇者而言形同"雪上加霜"或"屋漏偏逢连阴雨"，就会使其迅速"返贫"；如果这种事情对遭遇者而言有如"飞来横祸"，也会致其一朝陷入贫困的泥淖，成为新的事实上的"贫困户"或"贫困人口"。

为防止再度沙化，库布其人制定并执行了生态养护机制；为防止返贫与致贫，库布其人也已制定了健全的长效机制，并同样及时而周密地执行着。

库布其人是勤劳又勇敢的，也是清醒又明智的。

在诸多长效机制当中，关乎健康与医疗的机制无疑是更为紧要的，理由应该已无须赘言，且显然也被库布其的 3 个兄弟旗所认同。截至目前，三旗都已相继确定了健康扶贫大病集中救治的定点医院，对患有大病和重病的贫困人口进行集中救治，实行精准医疗，并全面简化了贫困人口的医疗报销流程，实现了"一站式"结算。

同时，三旗为 2016 年以来所有正常脱贫的人口按每人 280 元的标准，代缴了意外伤害险、重大疾病保险、大病住院补充医疗保险和大病慢性病门诊补充医疗保险等 4 种保险保费。在以后的应用中，三旗还会对每一个人在各种报销后的个人负担部分的合规费用给予 100% 的报销。报销后个人需自行支付的费用比例若仍超过 10% 或金额达到 5 000 元的，三旗还会给予"二次兜底"报销，报销比例达 93% 以上。这样的长效机制，目的在于大幅度减轻在致富路上还未走稳的人口的医疗负担，从而杜绝因疾病而产生返贫或新致贫的现象，至少是确保其不会轻易发生。

另一个同样紧要的长效机制是"歇帮与奖励机制"，旨在激发贫困人口的内生动力，是一种志在"扶志"的措施与努力。

老话说"船上人不用力，岸上人挣断腰"，更可叹的是纵然挣断了腰，那船也未必能上道。据说已有不少事实在屡屡证明，一味地扶贫包办会把部分贫困户帮成懒汉、扶成懒汉，陷入"扶者忙活，贫者偷闲""年年扶贫年年贫"等怪圈。或许也正因此，"扶志扶智"成了党中央对脱贫攻坚提出的新要求新措施，也成了"精准扶贫""精准脱贫"的新路径、新方法。为此，达拉特旗在 2018 年就制定了"歇帮与奖励"机制，并在两年内取得了不错的成效。

对谁进行"歇帮"、在什么情况下"歇帮"等，都有明确的规章可循。衡量者是嘎查村"两委"、驻村工作队及村民代表，并借此对贫困户提出了要求，尤其强调了贫困户不能做什么、禁止做什么。比如不能把帮扶给的基础母畜转身就卖了换酒喝，更禁止拿着刚刚补贴给一家老小的基本生活费去赌博，诸如此类。令人悲哀的是，此类事情并非没有。

对谁进行"奖励"、"奖励"的具体方式等，也都有明晰的标准，核心点是不仅能通过产业的发展实现自身的脱贫，还能带动周边农牧民及贫困户实现增收，并鼓舞其他贫困户的劳动热情。对这样的优质贫困户，旗委、旗政府会授予脱贫攻坚"奋进奖"，在旗级以上媒体进行宣传报道的同时，还会给予更"接地气"的产业扶贫资金的奖励。

这种机制专攻部分贫困群众的"精神短板"，意在突破其"等靠要"的依赖思想，及其安于现状、得过且过的懒散心理。这显然是助其脱贫的必要之举，更是确保他不会返贫的根本之措。精神上的自立，往往是达致经济富足的必要前提。

"歇帮与奖励机制"也相当于一个"红黑榜"，它使优劣一目了然，从而在每一个嘎查村形成一种舆论上的倒逼，使得那些即使最为"志短"的人也会赧然。"大家还帮他，他面子上也就实在过不去了，他就得改，要不交代不下去"。

杭锦旗独贵塔拉镇沙圪堵村的村民王明，就曾是一个带着几岁的女儿四处"流浪"又"酒瓶子天天不离手"的贫困户，贫得令人既哀其不幸，亦无可奈何。作为"一块最硬的骨头"，他被安排为镇长苏永权的帮扶对象。苏永权与沙圪堵村的"第一书记"及驻村工作队员对他进行了近乎"盯梢"式的深入观察，继而周密"合谋"，屡以真诚鼓励、暖心帮扶甚至激将等种种"手段"，使他显见颓废中的微弱亮点得以持续激发，最终生出了"咱差啥呀"的可贵志气，并在2017年实现了稳定脱贫。

时至2020年5月，王明已实现了"住房安全"，女儿也享受了教育扶贫补贴。他也在产业扶持的基础上用心养羊，养殖数量由最初的二十几只发展到了200来只，并在自己所有的土地之外又承包了100多亩土地，总共种植了200多亩的玉米和向日葵。尽管"为他操的心比为自家人操的都多"，这样的转变也足以令人深感慰藉了。

说到底，无论"精准扶贫"有多么伟大，无论帮扶之力有多么强劲，都需被扶者也有"站起来"的强烈意愿，那"富起来"的愿景才能成为现实。否则，一切都是徒劳。

再一个意义更为深远的长效机制，当数"教育扶贫机制"，因为它旨在阻断贫困的代际传递。这里所指的"贫困"，则在通常的物质贫困之外，还包含了智力贫困、精神贫困。

杭锦旗在这方面的做法是通过教育资助政策及"雨露计划"政策等，切实降低贫困家庭的教育支出负担，并实施了"育才资助奖励计划"：在幼儿园阶段给予每人每年 3 750 元，小学阶段给予每人每年 2 500 元，初中阶段给予每人每年 2 800 元，高中阶段给予每人每年 3 800 元，大学和研究生阶段给予每人每年 4 000 元的资助。同时，杭锦旗建立了"发现辍学—报告村组—书记劝学—学校接收—定期回访"的辍学处理长效机制。目前，全旗 1 500 名左右的贫困学生均已得到资助，并实现了适龄儿童无一辍学的目标。

达拉特旗与准格尔旗也未落后。其中准格尔旗已按照内蒙古自治区、鄂尔多斯市对建档立卡贫困家庭学生资助管理的要求，于 2019 年累计落实了教育资助资金 122.8 万元，惠及建档立卡贫困家庭学生 797 人次；2020 年全年累计落实教育资助资金 117.2 万元，惠及建档立卡贫困家庭学生 620 人次，实现了贫困家庭学生的资助全覆盖、零辍学。

这里需要特别强调的是亿利东方学校在"治愚""扶智"方面发挥了重要作用。

在亿利董事长王文彪看来，高质量的教育扶贫是阻断贫困代际传递的重要途径，也是提升贫困群众"造血"能力的重要抓手。一个贫困家庭只要有一个孩子考上大学，毕业后就可能带动整个家庭的脱贫。"扶贫"先"扶智"，"治穷"先"治愚"。无论是一个贫困家庭，还是一个贫困地区，只要有了足够的知识与文化含量，未来就有了希望。

基于此，亿利早在 2009 年就捐资 1.2 亿元，在库布其沙漠建设了一所现代化学校——亿利东方学校。这是一所集幼儿园、小学、初中、职业高中于一体的寄宿制学校。一站式的教育机制，解决了此前因大漠阻隔且居住分散而导致的上学难问题。学校以优厚的待遇在全国各地聘请了优秀教师执教，使众多沙区娃娃得以在此接受良好的教育，为他们的求学之路打下了坚实基础，大大提升了他们以知识改变命运、改写人生的可能性。

亿利东方学校百人马头琴

亿利东方学校的孩子们

亿利东方学校的运动会

亿利沙区党委组织开展农牧民厨艺技能培训

亿利还在此成立了农牧民党校和培训学校，利用周末时间，在学校的大礼堂给农牧民上党课、沙漠治理技术应用课，以每年培训近 4 000 人的频率，持续提升广大农牧民的综合素质与技能水平，为实现技能脱贫与致富发挥了积极作用。

此外，亿利每年还为学校提供 100 万元的专项基金，用于奖励优秀教师与学生，以及资助贫困学生。种种付出与努力，全为"扶智"与"扶志"。

亿利东方学校也是杭锦旗独贵塔拉镇的第一个大型建筑，"非常漂亮，为一处鱼骨式的连廊建筑"。据闻，建设期间王文彪几乎全程参与，"整体格调、墙体颜色等全是他设计的，甚至超过 20 厘米大的东西，也都得他亲自去定"。想来"知识改变命运"一语也是他所深信的，他期待着这样的奇迹能够借助亿利东方学校的问世，而频频地发生于这片大漠，或者说发生于各地，因为在 2012 年，他还在乌兰察布市集宁区建设了一所亿利东方学校。

在这片大漠，还存在一种更为立竿见影的长效机制——"临时救助"机制，即对因突发重病、意外事故等种种原因，而陷入困境的家庭实施及时的救助，帮其渡过难关，防止"致贫"或"返贫"。这一机制被库布其的三旗郑重制定并周密运行，且颇具成效。

举个达拉特旗的例子吧。

这事发生在 2020 年 4 月里的一天。那一天，吉格斯太镇大红奎村的苏文莲家突发了一场火灾，她家的油糕作坊及其里头的设备、原材料等尽被大火吞噬，造成直接经济损失 4 万元左右。而苏文莲家是脱贫不久的贫困户，制售油糕也恰恰是她家的"支柱产业"。如此重创，令她与老伴儿一时间完全不知所措了。

就在此时，"临时救助"机制紧急启动：吉格斯太镇政府救助她 1 万元，驻村工作队救助她 3 000 元，包联企业正时草业救助她 2 000 元，村民王玉小、王飞、刘永军共救助她 1 万元……东海新能源有限公司也给她拉来了 5 吨水泥、1 车沙子，亦属救助。种种救助使苏文莲家的油糕作坊得以迅速重建，时至 7 月就已投入使用。一场很可能导致一个家庭重陷贫困泥淖的意外之灾，就这样被迅速化解了。

库布其三旗为"防贫""防返贫"所制定的长效机制还有很多，堪称一套"组合拳"，且拳拳有力，使既有的扶贫成果得到了预期的持续巩固。种种长效机制的建立与实施，既是库布其人安居乐业得以永续的保障，也是各级党和政府的真挚深情之所系。

小康在今朝

2020 年是脱贫攻坚的决胜之年，也是验收之年。

库布其的 3 个兄弟旗都以自身持久的努力，提交了一份令人满意的答卷：达拉特旗的建档立卡贫困户 2 452 户 5 947 人已全部脱贫；准格尔旗的建档立卡贫困户 1 843 户 4 733 人也已全部脱贫；纵然是在 2011 年还有贫困户 15 845 户 39 453 人、贫困人口比例高达 34% 的杭锦旗，也已圆满实现了全旗的脱贫，并在 2020 年 5 月之前还对在"回头看"中筛选出来的已经脱贫的贫困户 1 466 户 3 580 人，进行了"再送一程"的巩固性扶持。

作为库布其沙漠最穷的那个旗，杭锦旗的全面脱贫以及有效巩固，意味着库布其脱贫攻坚战的大获全胜，"精准扶贫"之伟业的完美收官。理论上讲，库布其已自此全面进入"小康"时代，就像中国已在 2020 年 11 月 23 日随着最后一个国家级贫困县的脱贫"摘帽"，也于理论上整体进入了"小康"时代一样。

尽管国家与国人期待已久并为此奋斗已久的愿景终成现实，却并不意味着这场举国范围的民生革命已然结束，而是仍与"刀枪入库，马放南山"的日子相距甚遥。

这么说的根由，在于"小康"只有底线，而无上限。

今时今日的国人，尤其是库布其人，则仅仅是刚刚跨越了底线。

即使如前文所述的一应"长效机制"的建立与实施，能够确保广大民众不至于退步到这条底线以下，继续前进的脚步也没法说停就停，因为"小康"的本质是追求生活品质的提升，对它而言永远都没有"最好"，而只有"更好"。

另一个更为重要的"因为"，在于人们在实现脱贫或者说奔往"小康"的进程中，上进心、要强心、出人头地之愿、鹤立鸡群之意等，都已得到了普遍的刺激而变得分外健旺与蓬勃。而且，人们同时普遍拥有了与此心此意相匹配的头脑和技能。

在这样的情况下，应该没有谁会自觉"够了"，并主动停止发展。

"够了"从来就不是"小康"范畴里的概念。

还记得"感谢富裕"一节里的何奶儿吗？他之所以在2019年将发展重心从生态建设转移到养殖、农机租赁等其他产业，就缘于他直觉意识到沙漠治理在库布其已趋近尾声，这使亿利所能提供给他的"工程量没有前些年那么大了"，所以他及时调整方向，并在2018年就为此做足了准备，注册了自己的公司。

在今日的库布其，似何奶儿这样拥有自主发展能力的农牧民已为数甚众，其致富"本事"也已在多年的真枪实战中增长了不止一成两成。尽管手头的既有财富已远远超出了他们当初最为大胆的期待，但他们依然没有停下来的打算，甚至从未产生过这样的念头。

对这种不存在明确尽头的跋涉略觉疲惫的人倒是有的，比如道图嘎查牧民新村的斯仁巴布，他也是"感谢富裕"一节里的一个优质的致富典型。在终日冗忙的片刻空隙里，这个地道的蒙古族汉子偶尔也会被些许"乡愁"所缓缓萦绕。那"乡愁"不请自来，也不会如人所愿地自行离去，而只能靠他以理智的话语慢慢将其劝退。

斯仁巴布和他的沙漠越野车

　　他说他怀念早年的生活，那种单一却也单纯的传统生活；每日里放放羊，挖挖甘草，照管贫瘠却也宁静的牧场，清理粗陋却也不用太过理会的畜圈，一年到头也见不到几张陌生的面孔，连着多少天内心也没机会被激起哪怕最轻微的一丝涟漪。那时候的日子真清澈啊！就连夜里的梦都罕见复杂的场景，亦无响亮的动静。

　　眼下的他则显然置身于竞争当中，竞争所带来的那种压力也无时无刻不在被他清晰感知。"经营是件挺麻烦的事，累心哪。"他低低地说着，没带啥表情，一手托腮，动也未动，似乎并不曾对听者的反应抱持期待，而仅仅是在喃喃自语。

　　如果可以，还愿意回去吗？

　　……没可能喽。得赚钱哪，为了孩子。不能让孩子们回到过去。

　　随后，一场颇具声势的夏雨骤然落下，哗哗声瞬间破窗而入。伏桌而坐的斯仁巴布支棱下耳朵，下意识地腾地起身，迅疾离去，边走边说："得给客人备伞去！"文艺而又朦胧的"乡愁"，也就这样被一阵噼里啪啦的大雨击得悄无踪影。

　　还是那句话：在致富的路上，几乎没有谁能主动停下自己的脚步。无论他想或不想，累或不累。因为赚钱已经成为一个成年人最体面的事情，尤其能令全家人体面地生活。

　　这样的事实，也妥妥地契合了"小康"的时代属性。

　　在"小康"时代，社会的关注点不再聚焦于"贫""富"，而转向了"富"字范畴里的"生活品质"。"品质"则自来就是一个具有高低、好坏、优劣之分的概念，无论用在哪里都是一种比较性的表述，如"库布其奶皮子的品质越来越高了，那么厚"，如"鄂尔多斯的羊绒品质很好"，如"杭锦旗塔拉沟的羊肉品质最优"。即使在与"生活"一词的惯常搭配上，如"这个人的生活没啥品质"，所指的也实是其生活品质较劣，而非字面上的没有。

　　也就是说，对更高、更好或更优的生活品质的追求，是"小康"时代近乎胎带的一种原动力。这使得时代中人会自觉地奋发向上，或不由得积极进取，并会以提升个人生活品质为基础，达致一个区域的社会品质的提升，进而促进整个国家的品质提升，这也在一定程度上等同于更为常见的说法"国富民强"或"民富国强"。

其实这种提升生活品质的追求，时下就已在库布其普遍存在了，表现是很多人对小汽车的选购已不再满足于单纯的代步功能，而在其品牌的社会意义上做出了更多考量。在手机、笔记本电脑等电子商品，以及服装、鞋帽等日常用品的选购上，则更是如此。对大多数人而言，"两不愁三保障"等早已不是"小康"的象征，尚未实现经济自由实际上就是"穷人"。社会经济的发展，也悄然提升了个人的自我要求与自我期待。

实际上，"精准扶贫"及"脱贫攻坚"的完胜并非一条道路的终点，它只意味着国人刚刚在那条道路上成功地跨越了一道标准线，而这道标准线恰恰就是另一个阶段的起跑线。

前路尚且漫漫，"同志仍须努力"。

这对库布其人来说尤其如此。

如果说贫困人口相对更多已是一个素被公认的事实，那也就意味着库布其还存在着另外两个事实：一是库布其有相对更多的人是在"精准扶贫"开展以来的最近几年才跨过那道标准线的，其中大部分人还未曾与那道线拉开足够远的距离；二是在业已跨线的人群当中，又有一部分人是通过"兜底"帮扶才得以实现脱贫的，其自身几乎不具备奔跑的能力，这使他们与那道线的关系实在脆弱得很，任何一点儿风吹草动都可能令其再回到线那边去。

也就是说，尽管库布其人已经全体跨过了那道标准线，但仍有相对更多的人口需要做出持续的努力，才能使自己在新的征途中不至于再度掉队。

即使对那些并不在乎是否再度掉队的人而言，持续的努力也是一种必须，因为他在帮扶之下才得以跨过的那道标准线的标准还不是很高，通常只能确保他的生活实现"两不愁三保障"和饮水安全。如果他期望自己以及自己的一家老小过上更为宽裕乃至优渥的生活，就只能付出更多的努力，而且这种努力的程度，与他所期待的生活品质的高度直接成正比。

　　不确定这个补充是否涉嫌多余，不过还是再明确一下吧：此节频频提到的"标准线"，即指"中国贫困标准"，也就是通常所说的"贫困线"。世界各国基本都有各自的"贫困线"，无论是发达国家，还是发展中国家，只是高低有别罢了。"中国贫困标准"也是中国的扶贫标准，未达标者会被识别为贫困户，达标者再辅以"两不愁三保障"的实现即为脱贫。

　　这一标准在中国有"国家标准"与"地方标准"之分，两者均以家庭年人均纯收入来计算标准，也都是动态的。"国家标准"因其基本参照了全国的平均经济水平而相对偏低，全国所有农村的"低保标准"在2018年就已达到或超过了这一标准，其中鄂尔多斯市农村牧区2019年的低保标准是6 169元，库布其三旗执行的都是这个标准；"地方标准"是各地区按照自身的实际经济状况所做出的相应提升，有省、自治区层面的，也有市级层面的，经济越发达的地区标准越高，同时存在城乡差别。

显而易见，"国家级贫困户"的"脱贫"标准相对偏低，与它的识别标准一样。这决定了纵然是业已脱贫的"国家级贫困户"，其生活水平也仍会与普通民众存在一定差距。

总而言之，尽管"精准扶贫"已经完美收官，但那条漫漫的致富之路依然延展在库布其人的脚下，等待着每个人去勇敢地一步步跨越，等待着每个旗去书写更为精彩的华章。

接下来的路，仍与生态建设息息相关，就像在脱贫攻坚的进程中一样。

关于生态与扶贫，素被库布其人普遍认同的一个比喻是"生态是水，扶贫是舟"。以生态建设闻名于全球的亿利董事长王文彪就曾屡屡应用此语，认为持久的治沙为今日的"精准扶贫"奠定了良好的基础；杭锦旗扶贫办主任王光荣在谈及"治沙"与"治穷"的关系时，也毫不迟疑地说"治沙是根本"。也就是说，对库布其而言，良好的生态不仅是扶贫的基础，亦是致富的前提。这意味着库布其人在接下来的"小康"时代里的一应建树，仍需也仍会以生态的持续建设为核心支撑，就像地壮花艳，也像母壮儿肥。

奔跑吧，库布其人！

走出库布其

库布其的大漠儿女是一个极擅"打样儿"的群体。

他们以自己持久的"治沙"实践创造了"库布其模式"，被冠之以"中国方案""中国智慧"之名，受到了国际社会的高度关注与认同，并广受推广与借鉴。这并非一个一成不变的模式，而是随着库布其人的持续实践而逐步地丰富与深化；这也并非一个单纯以生态修复为目标的模式，而是一直以"绿富同兴"为初衷与宗旨，并已屡屡落地为实。

也就是说，"库布其模式"其实包含着"治沙""治穷"两大模式，生态建设与民生改善始终如影随形，且难分彼此。其中后者亦即"扶贫模式"。

时至今日，库布其的"扶贫模式"也已作为一个成熟的"样板"，在全国各地得到了相继复制，使广大民众由此竞相实现了脱贫或致富，就像库布其的广大农牧民一样。库布其的"扶贫模式"为中国这场伟大的脱贫攻坚战的全面胜利做出了积极贡献。

这一模式的推广者就是亿利。

在库布其沙漠鏖战 30 多年，亿利在生态建设与扶贫大业上卓有建树，先后被中国政府授予了"国土绿化奖""脱贫攻坚贡献奖""万企帮万村优秀民营企业奖"，集团董事长王文彪荣获了联合国授予的"全球治沙领导者奖""地球卫士终身成就奖"。即使单就"库布其模式"而言，亿利也是集 3 种身份于一体，既是开创实践者，又是总结提炼者，亦是推广者。此外，亿利还是不断地充实其内涵者，持续地提升其科技含量者。

如果说 2014 年以前的扶贫，还是亿利在生态建设之主业上的一个附属，那么自"精准扶贫"开展以来，扶贫则已正式成为亿利全情致力的主业之一，上升到了与生态建设同等重要的地位，且发力更大，也更具靶向性。随着亿利与其他地区开展的生态建设合作项目的陆续落地，扶贫工程也得以相继扩展到了四面八方。为更好地推进此项工作，亿利还相继在位于西藏、新疆、甘肃、云南、河北、青海这 6 个省及自治区的项目所在地，分别成立了扶贫办公室。这 6 个扶贫办的总策划与总责任人，就是亿利的扶贫办主任郝亮舍。

郝亮舍在亿利是一个相对特殊的存在，这从他的履历上即可见一斑。

他在 1971 年出生于达拉特旗，5 岁时搬迁到杭锦旗，并在那儿长大。作为一个地道的大漠之子，他亲见过父辈与沙漠的搏斗，自身也深受沙患之苦，并自发地渴望改善，早在初中一年级时就写过《独贵塔拉要腾飞》的作文。接下来他努力向学，不懈上进，2001 年就担任了开发区办公室主任兼领导秘书。也恰恰就在那一年的深秋，他与自己初中时的语文老师王文彪偶遇于机场，尽管会面时间甚短，却接到了王文彪的加盟亿利的邀请。而在短短半个月之后，他也果真辞了公职，赶到了昔日老师的身边。

郝亮舍清楚地记得，那一天是 2001 年 10 月 10 日。

七星湖沙漠酒店

从那时起直到 2011 年 3 月，他一直工作在王文彪身边，即使其间的职位称呼有所变化，实际上却都是"老板"的秘书，且是最得力的那种。这份工作是颇"不好干"的，因为"老板"王文彪一贯雷厉风行，且事不隔夜，以至于那十年里他几乎从未在零点前上过床，甚至 24 小时不睡觉都已成了家常便饭。而且"老板"也"事多呢，连头发长了他都管，他都不知道你完全没工夫去理发"。至今，亿利仍有人会偶尔拿他说话，说"什么都不用你们做，你们就跟着老板，亮舍能跟十年，你们一天也跟不了"。郝亮舍自嘲地笑笑，说这些年里自己称不上一个好儿子，也称不上一个好丈夫、好父亲，而只是在力求成为亿利的一个好员工。

郝亮舍原名"亮蛇"，说家族中人的名字里多带有"蛇"字，2011 年他更为现名。他身形魁梧，语速低缓，步履沉稳，眼睛不大，又莫名地略带几分忧郁。他于 2011 年从亿利的北京总部回到库布其，担任沙产业的副总经理，继而在七星湖担任总经理、董事长，现任亿利扶贫办主任。

满载亿利扶贫羊的货车驶入永兴村

2020 年初春，在库布其沙漠的库布其沙漠酒店，郝亮舍讲起了扶贫的事——

在西藏的扶贫工作最为典型，说说这个吧。

这个项目始于 2017 年，具体位置在山南市。山南是个地级市，也是西藏古文明的发祥地之一。这个地方的特点是海拔高、风沙大、树难栽、畜难养，经济发展缓慢、基础设施滞后，种种制约因素，使这个地区的贫困发生率很高，属于深度贫困的少数民族地区。其中因病、因残、因缺劳力与缺技术而致贫的现象严重，将近占到贫困人口的 80%，而且贫困人口大多集中在高寒边境、生态环境脆弱的区域，脱贫攻坚任务十分艰巨。

亿利在深入考察之后，就同步启动了生态建设与扶贫工程，几乎把"库布其模式"里的措施全用到了。

"易地搬迁"是其中一项，也就是"生态移民扶贫"。

在山南市扎囊县的桑耶镇扎若村，同样建设了一处亿利新村，全称"西藏扎囊亿利旅游示范村"，与杭锦淖尔亿利牧民新村的建设方式一样，也是政府与亿利各出资一半。不过这个档次更高些，或者说特别高，分 130 平方米、150 平方米、170 平方米 3 种户型，都是 2 层楼，红白相间的颜色很漂亮，一层自己住，另一层发展农家乐、牧家乐，同时配套建设了村委会、生态技能培训室、村民活动场所、停车场等。当地政府还给每户配备了 2 亩地，种植青稞或小麦，相当于口粮田，并在村南开辟了一片 500 亩的经济果树林，用作村民发展旅游果园采摘的基地。示范村 2017 年始建，2018 年建成，2019 年剪彩入住。

村民总共四五十户，260 多口人，都迁自扎囊县的高海拔地区。扎囊县高海拔地区有 4 000 多米高，整体居住环境很差，常有山体滑坡、泥石流等自然灾害发生，还不通路，里面的人想出来只能骑马，跟库布其当年的状况一样，属于"一方水土养不起一方人"的区域，易地搬迁是最佳的扶贫方式。当时一些村民也不大情愿搬，故土难离啊，就跟当年的库布其人一样，不过后来都说搬对了。

即将搬入新村的农户

扎囊亿利新村

新村背山临江，后是念青唐古拉山，前是雅鲁藏布江，江面非常开阔，两岸风光很美，还邻着沙漠，连绵的沙丘一浪一浪的，虽规模不大，却正适合发展旅游。所以亿利还在雅鲁藏布江沿岸建了一个大型公园，叫"扎囊国家沙漠公园"，那也是西藏的第一个国家沙漠公园。还建了桑耶寺旅游小镇和酒店，围绕沙漠公园、温泉、桑耶寺等旅游资源发展生态康养旅游产业。村民也都借助沙漠旅游陆续发展起来了，实现了稳定脱贫。

"肉羊养殖"也是一项，也就是"产业扶贫"。

山南市的土地面积广大，随着生态修复的推进，环境在逐渐改善，养殖业的前景就更加广阔。亿利就与山南市政府开展了肉羊养殖扶贫合作，政府建设了养殖棚圈、种羊养殖场等基础设施，亿利引进了专业养殖和专业肉类营销企业进行经营管理，此项目以肉羊养殖为主，并大大助力了"兜底扶贫"与"就业扶贫"的开展。

肉羊的养殖以小尾寒羊为最佳。这种羊发育快，繁殖力强，当年就能产羔，一年可产 2 胎，而且是皮肉兼用型羊种，肉质特别好，皮板也极棒，又轻柔又结实，制革价值很高。小尾寒羊由此被誉为世界"超级羊"，还被我们国家列入了《中国国家级畜禽遗传资源保护目录》，也是农牧民脱贫致富的最佳养殖品种之一，在库布其养得特别多。所以我们当初就想把小尾寒羊弄过去，让人们养这个，西藏没有这种羊。

那里的人却都说不行，说低海拔的羊放到高海拔的地区养不活，高海拔的羊放到低海拔的地区也活不成，吵吵闹闹的，直弄得当地政府和群众都反对。我就寻思：你们现在养的羊最初都是打哪儿弄来的呢？各种打听，后来了解到也是从内蒙古过去的，20 世纪五六十年代的时候。然后我又找专家详细咨询，最终感觉应该没事，因为舍饲圈养的羊受自然环境的影响不会很大。

虽然心里还是不托底，但还是带过去了，带了 20 只。几个月后，这些羊不仅全活了，还产了羔，其中一只还产了双羔。他们惊奇得不得了，特欣喜，也特佩服，立马拍了照片发给我，说"双胞胎啊"。其实双羔在咱们这边太正常了。

"甘草种植"也是一项，也属"产业扶贫"。

这个是亿利应用得相对较早的产业扶贫项目，已经非常成熟了，现成的"公司

＋农户""企业＋基地"的运作模式便都复制到了那里。那儿的气候寒冷干旱，也挺适宜的，很快就建成了甘草中药材示范基地，大批群众都投身到甘草种植中来，并相继以此摆脱了贫困。

也不是每个地区都种甘草，得因地制宜，比如在甘肃武威的项目中，我们在100多万亩的沙漠里主要种植的就是梭梭。梭梭的品性更适合那里的日照等自然条件，而且能嫁接肉苁蓉，经济效益也很不错。武威的贫困户也挺多，致贫的主要原因很可能是孩子多，三四个孩子的家庭挺普遍。再一个他们的土地少，地又瘦，没啥收成。

"民工联队"也被引过去了，这也是亿利的扶贫特色之一。

特别值得一提的是，我们还在那儿组建了一支由藏族贫困户组成的民工联队，总共30多人，都是扎囊县吉汝乡的藏族村民，也都是建档立卡贫困户。这在亿利的民工联队里极富特色，这支联队也是全国第一支藏族民工联队。他们很可能也是当地最早实现增收脱贫的群体。

尽管扶贫成果很可观，却也有没法扶的，于是也用到了"兜底"。所需资金从各个项目的利润中提取，其中以雅砻河河道治理的项目实现"兜底"5 000人，以雅鲁藏布江流域治沙及经济林建设的项目实现"兜底"2 000人。

总之，一切措施都要量体裁衣、对症下药，根据具体情况精准施策、有的放矢，既有复制、移植，也有创新与整合。在其他几个地区的推广情况基本也是如此，只是要在分析各地实情的基础上做出相应的调整。亿利推广"库布其模式"的过程，其实也是再度丰满"库布其模式"的过程，每经历一次推广的实践，这个模式就要再丰满一分。

所以说前期的实地考察是很关键的，这就像中医治病一样，经方都是现成的，关键在于辨证，辨证对了，方才能用对，药才能下对，才能即刻起效。其中在山南的考察挺惊险的，必经的很多路都是建在悬崖边上，往来越野车又挺多，超车时特危险。有一次我们的车还在这样的路上爆胎了，很险……

截至目前的事实已经证明，亿利将"库布其模式"在任何一地的推广，都真正做到了"三结合"，即"绿起来与富起来相结合，生态与产业相结合，企业发展与生态治理相结合"，并以"生态造血型治本扶贫"和"扶贫＋扶智＋扶志"方式，为"精准扶贫"在部分荒漠化地区的全面胜利做出了积极贡献，切实承担起了国土增绿、扶贫开发的社会责任。

截至目前的事实也表明，王文彪所具有的不仅仅是"家乡情怀"，实际上他的"情怀"早已超出了家乡的范畴。在 2019 年仲夏的北京，他对此做出了这样的陈述——

尽管 30 多年来我们始终致力于库布其的生态修复，并取得了喜人的成绩，但库布其毕竟只是地球版图上很小的一个点，而我们已经在实践中探索并提炼出了很多核心的技术、思想与精神，并形成了可借鉴、可复制的成熟模式，我觉得有必要让中国乃至全世界都能因此受益，让越来越多的荒漠化地区都能渐次绿起来，在改善全球生态与气候的同时，也使更多的民众都能因此过上更好的生活。

亿利究竟是个什么样的企业呢？我认为这样的定位是准确的：亿利是中国乃至世界上比较领先的一个生态产业服务商。换一种表述也是妥当的：亿利是一个能够把生态产业与绿色产业完美融合起来的企业，也是一个以生态产业来促进扶贫的企业。如果再细加解读，那就是，亿利是通过大规模的生态修复，让农业土地、工业土地、城市土地都得到有效的增值，继而导入文化旅游、康养等绿色产业，以实现强国富民的一个企业。

打开我们的财务报表，会发现这些年间我们所从事的就是这样的一些产业，尽管没有太大的利润，却是一个利国利民利全球的可持续性的产业，尤其与扶贫直接相关。事实是我国有三分之二的贫困人口都生活在荒漠化地区，在新疆、西藏、甘肃、内蒙古等地，这些人是最需要帮助的，这些地区也是最亟须修复的。所以，亿利不会停下前进的脚步，亿利人不会中止竭诚的努力，永远不会。

鉴于那曲是"中国种树最困难的城镇之一"，王文彪特别派去了一支"生态先锋队"，其成员各个都是亿利身经百战的精英，包括郝伟、王忠，也包括郝亮舍。他们带着亿利锤炼了 30 多年的生态技术奔赴那曲，并以独有的库布其精神为支撑，一边克服严重缺氧所导致的生理不适，一边攻克了一道道科技难关，进而使阶段性的成果屡屡呈现，且被及时应用于他方，使更多地区的自然生态与民众生活实现了双重改观。

内蒙古防沙治沙协会会长潘秀峰曾言，库布其沙漠是很独特的，它紧依黄河，且从东到西几乎尽被黄河环绕，这种地理形势的沙漠在全世界绝无仅有。

或许正是这种得天独厚的独特性，使库布其沙漠养育出了无数好样的儿女，不仅使这片大漠再现了远古的蓬勃蓊郁，还使其闪烁了熠熠的金芒，更使"治沙"与"治穷"的深情实践双双形成为"中国智慧""中国方案"，持续地向全中国、向全世界逐步推广，使一块块荒漠化土地恢复生机，使一拨拨贫困人口实现富裕。

库布其的大漠儿女无疑为祖国争了光，为中华民族提了气，已堪称不负"母亲河"黄河的哺育。然而他们并未停下脚步。随着习近平总书记在 2019 年 9 月 18 日对"黄河流域的生态保护和高质量发展"的郑重提出与高度关切，以及内蒙古自治区、鄂尔多斯市等沿黄流域的各级地方政府对此的重重聚焦，库布其的大漠儿女已为自己及时树立了又一个宏大目标。这一目标既是他们一直以来的努力朝向的延伸，也是他们此前的"治沙"与"治穷"之初衷的升华，那就是专注于库布其"沿黄生态经济带"的尽可能尽善尽美地尽速构建。

鄂尔多斯市林业和草原局局长韩玉飞说，内蒙古自治区的"沿黄生态经济带"区域内含七个盟市，共 51 个旗、县、区，库布其沙漠的 3 个旗尽在其中，这对库布其的广大干部群众来说显然是又一个考验或检验。他表示自己深信库布其人对这一目标的实践将像实践"脱贫攻坚"一样战绩辉煌，而库布其人所创造的"库布其模式"也将于过程中得到充分的应用，尤其会同样激励调动全社会力量的积极参与；相信随着"沿黄生态经济带"建设的持续推进，库布其沙漠以及整个鄂尔多斯的绿色生态文明建设成果将进一步为世人所知晓、所借鉴，尤其将进一步提升区域内民众的生活品质，使群众享受到更多的绿色福利。

无论如何，在今时今日，在大漠流金的库布其，"生态"已与"富庶"互为支撑，"更好"也已与"未来"紧密相系。随着"库布其模式"这一"中国样板"的持续推广与屡被复制，相信在中国的国土上，乃至在全球范围内，还会演绎出更多如此令人惊叹的涅槃式嬗变。

愿世间——

户户安居，处处乐土。

后记

致富具有不证自明的正当性。

从古至今，几乎全人类都没有反对它的声音。

库布其人也是如此。随着"精准扶贫"在这片沙漠的持续推进，以及脱贫攻坚的全面胜利，期待已久的"小康"时代已如约而至。如果说库布其是目前全球唯一一个得到了整体治理的沙漠，那么库布其人想来就是全世界率先摆脱了贫困的沙区民众。

在长期的"治沙"实践中，库布其人完成了生态修复的技能储备，从陌生到了解，从了解到精通，从精通到出类拔萃；在紧锣密鼓的"治穷"战役中，库布其人获得了行动的力量与勇气，挣得了奋力拼搏的荣誉和充满希望的未来。此时此刻，库布其人由衷地感谢富裕，并为自己为实现富裕所做出的持久努力而深感自豪。

发掘、梳理并尝试着理性阐述库布其的整体脱贫历程，是一件令人愉悦的事情，也是一次让人难忘的经历。尤其从中真切感受到了库布其人别具一格的气质，他们在贫困的时候不曾满怀戾气，在脱贫的途中不曾焦躁失措，在实现富裕的今天也不曾变了心肠——他们的眼神里依然流露着往昔的纯净，心底里也依然埋伏着对往昔宁静的流连——似乎人人都已深知纵然无法再复原那无边无际的宁静，那么在自个儿心底里保留一块宁静的地带，也是妥当的。

脱贫的历程，其实也是库布其人的传统生活经历变革的过程。

原来的他们生活很简单，从事的劳作基本就是放牧与耕种，休养生息紧贴着四季的节拍，朝起夜归迎合着太阳的起落。就在如此单调地循环往复中，他们缓缓经历着寻常的日月，慢慢积攒着平凡的常识。许多年中，他们在量入为出中挣扎，却也并不觉得怎样难过，因为那时候的贫穷是不令人生疏的，不会引人注目，也不会遭人轻慢。

他们生活的变化，由沙漠的变化所引发。

当沙漠渐渐地变绿了，他们渐渐地"嫌贫"了；当沙漠全面地变了模样，他们彻底地与"贫"诀别了。"这当然是极好的事！"他们说，并为此由衷地念着党和政府的好，一遍又一遍；也念着治沙与扶贫企业的好，一句又一句。

远方的期盼

他们于过程中拥有了更多更好的东西，比如更多的牛羊、更好的住房、红火的生意，以及越来越多的存款或现金；他们还拥有了一些此前从未拥有过的东西，比如充沛的自信、踏实的自尊、孩子们可期待的前程，以及自己更有希望的未来。然后他们还发现，已经拥有的这些并不会导致满足，反而会激发自己内心更多的愿望，尤其是他们还时刻准备着去努力满足那些新生的愿望，即使这意味着将要为此接受生活更多的挑战。他们笑了，说难怪老话讲"越有越有"哪！因为你根本停不下来呀！

这反映出他们的传统生活已经完成了变革。

他们已自此汇入"现代化"的洪流。

也就是说，凭借"精准扶贫"的东风而席卷了整个库布其的淘金运动，在使库布其人得以脱贫致富的同时，也使库布其人的传统生活、传统智慧经历了同步的改造，使得他们对"生活"有了别样的理解，对"未来"有了另一种新颖的安排。无论他们的内心对传统生活胎带的宁静尚存几分流连，他们接下来的生活都注定是激越跳荡的了。

对于这样的转变，他们不曾回避，想来是同期发生的相应变化，也给了他们勇敢迎纳这一挑战的足够自信。事实是他们每个人都已深知，那原本令人又怵又恨的沙漠，现已成了他们了不起的优势：最初6元钱就能承包1亩的沙地，现在没有200元钱是拿不下来的，要是那块沙地上还恰巧长了几亩草，那么每亩的价格就得1000多元了。"大漠流金"，流的可都是真金。

同一片沙漠，此时彼时不等。

同一个群体，今日迥别往昔。

总之，千百年来栖息于库布其沙漠的库布其人，业已在脱贫攻坚之役大获全胜的此时此刻，将生机勃勃的库布其沙漠视作了一块可靠的福地，并怀着饱满的希冀，于其上兴奋地勾勒着未来的蓝图。关于未来的叙事总是令人期待的，祈愿那张张蓝图越绘越精彩。

关于本书的撰写，鄂尔多斯市委宣传部常务副部长陈曦，杭锦旗委宣传部部长闫宗瑞、常务副部长张勇亮，达拉特旗委宣传部部长崔永平、常务副部长郭雪峰，准格尔旗委宣传部部长赵晨霞、常务副部长越超等人，均给予了大力支持；在采访过程中，得到了杭锦旗扶贫办主任王光荣、达拉特旗林业和草原局局长刘锦旺、达拉特旗展旦召苏木长高永权、准格尔旗大路镇党委书记闫飞等人的热情帮助。亿利的韩美飞、贺鹏飞、郝亮舍、张吉树等人也为本书的修订做了大量工作，在此一并致以真挚的谢意。

王占义　杨春风

2022 年 1 月 5 日